Annemarie Schwarzenbach und Carson McCullers

Alexandra Lavizzari

Fast eine Liebe

Annemarie Schwarzenbach und Carson McCullers

edition ebersbach

Bildnachweis
© Archiv Dr. Alexis Schwarzenbach, Zürich 2008, S. 44, 52, 63. © akg-images, Berlin 2008, S. 78. © Marianne Breslauer / Fotostiftung Schweiz, S. 37, 125 (mit freundlicher Genehmigung von W. u. K. Feilchenfeldt). © Henri Cartier-Bresson/Magnum Photos/Agentur Focus, S. 67, 82. © Ledger Enquirer/DR, S. 21, 34. © Franziska Fellerer, Wien 2008, S. 12. © Monacensia, München 2008, S. 54. © Schweizerische Nationalbibliothek/NB, Bern, S. 57.

Bibliografische Information der Deutschen Nationalbibliothek
Die Deutsche Nationalbibliothek verzeichnet diese Publikation in der Deutschen Nationalbibliografie; detaillierte bibliografische Daten sind im Internet über http://dnb.d-nb.de abrufbar.

1. Auflage 2008

Horstweg 34, 14059 Berlin
www.edition-ebersbach.de

Lektorat: Corinna Weidner, Berlin
Fabienne Fontaine, Berlin
Umschlaggestaltung: Verlag Die Werkstatt, Göttingen
Satz: Birgit Cirksena, Berlin
Druck und Bindung: Westermann Druck Zwickau GmbH
ISBN 978-3-938740-55-2

Inhalt

Einleitung *7*

Carson *17*

Annemarie *38*

Die Begegnung *60*

Verstrickungen *68*

Die schwarze Stille *90*

Das afrikanische Abenteuer *104*

Die letzten Tage *129*

Anmerkungen *134*

Literaturnachweis *142*

Einleitung

Über die Liebe zu schreiben ist die dankbarste Aufgabe des Romanautors oder Biografen, so könnte man denken. Denn welcher Leser interessiert sich nicht für die Angelegenheiten des Herzens und möchte, zumindest im Buch, nicht alle Variationen dieses universellen Phänomens erfahren, sei es in einer schön erzählten Fiktion oder der interpretierenden Beschreibung einer reellen Beziehung? Trotz ihrer unendlich vielen Facetten lässt sich die Liebe, von der Euphorie einer *amour fou* bis zur stillen Tragik des Verzichts, gewöhnlich leicht als solche identifizieren und benennen, und ebenso können Handlungs- und Denkweise der Liebenden relativ spontan nachvollzogen werden. Niemand wird bestreiten, dass Othello seine Desdemona liebte, obwohl er sie erdrosselte, und ebenso wenig wird man absprechen können, dass Werther aus enttäuschter Liebe für Lotte aus dem Leben schied. Auch Heathcliff, Madame Bovary, Swann oder Lady Chatterley liebten, eine jede Figur ihrem Naturell und der Zeit gemäß; ob stürmisch, verhalten oder sich verlierend, ist dabei unwichtig: Der Leser versteht instinktiv, dass Liebe die Romanfiguren beseelt und zu ihren Handlungen getrieben hat.

In der Weltliteratur hat die Liebe oft Exempelcharakter. Sie bildet den Mittelpunkt einer Geschichte und die Episoden sind in einer Weise um sie angeordnet, dass sie eine spezifische Liebesvariante veranschaulichen und zur Geltung bringen. Im wirklichen Leben lässt sich die Liebe indessen selten so eindeutig typisieren; dazu sind die Gefühlsnuancen zwischen zwei Menschen viel zu komplex und aufgrund des historischen Kontextes und der jeweiligen Biografien, die aufeinanderprallen, von einer Einzigartigkeit, die psychologisch nicht immer auf einen Nenner zu bringen ist. Liebespaare wie Goethe und Christiane Vulpius, Rilke und Lou Andreas-Salomé, Anaïs Nin und Henry Miller, Salvador Dalí und Gala, Sartre und Simone de Beauvoir, um nur einige Beispiele zu nennen, lassen sich, will man ihrer Menschlichkeit gerecht werden, kaum auf einen Typus reduzieren; ihre Liebe kennt Widersprüche und verläuft in der Entwicklung weder besonders geradlinig noch logisch. Um sie erzählend nachzuvollziehen, sieht sich der Autor deshalb vor die heikle Aufgabe gestellt, Vereinfachungen vorzunehmen, Details auszusondern und andere wiederum neu – d.h. nicht unbedingt im ursprünglichen chronologischen Kontext – zu gruppieren. Erzählen bedingt immer auch Strukturieren, und dies bedeutet seinerseits, dass die aus verschiedenen Quellen gewonnenen Fakten, welche sich ohnehin nie zu einer absoluten Wahrheit konfigurieren, einer persönlichen Interpretation unterzogen werden müssen.

Umso schwieriger gestaltet sich die Darstellung einer Liebe, wenn sich diese, wie im vorliegenden Fall zwischen Carson McCullers (1917 – 1967), dem Fräuleinwunder der jungen amerikanischen Literatur, und der Schweizer Reiseschriftstellerin Annemarie Schwarzenbach (1908 – 1942), nicht einmal eindeutig als solche erfassen lässt. Nur gerade über zwei Jahre, zwischen 1940 und 1942, hat sich ihre Bekanntschaft erstreckt. Schwierige Jahre, in denen sich die beiden Frauen aneinander vorbei geliebt haben, fasziniert voneinander, aber trotz der starken gegenseitigen Anziehungskraft so belastet von ihrer Vergangenheit und den emotionalen Verstrickungen, in denen sie sich zum Zeitpunkt ihrer Begegnung in New York gerade befanden, dass das Ausleben ihrer Gefühle nie wirklich möglich wurde. Kann man unter solchen Umständen überhaupt von Liebe sprechen? Sowohl Carson als auch Annemarie haben ihre Gefühle füreinander jedenfalls so definiert und erlebt, und wenn sie dies auch mit unterschiedlicher, fluktuierender Intensität getan haben, so ist unbestritten, dass beide durch die Begegnung im Juni 1940 eine emotionale Erschütterung erfahren haben, die ihr weiteres Leben nachhaltig gezeichnet hat.

»Ich weiß von keiner Freundin, die ich mehr geliebt habe«,[1] erinnerte sich die amerikanische Schriftstellerin Carson McCullers 1957 gegen Ende ihres Lebens an die Freundin Annemarie Schwarzenbach. Und die Schweizerin ihrerseits schrieb am 10. April 1942: »Ich lebe mit dem intensiven Wunsch nach Liebe und Freundschaft zu Dir – das Gefühl, dass Du lebst und mich liebst ...«[2] Für sie war Carson immer »die Liebste«, »meine Geliebte« und »mein teurer Liebling«.

Statt Glück und Erfüllung bescherte diese Liebe Carson allerdings nur quälende Sehnsüchte bis hin zur lebensbedrohenden Verzweiflung, während Annemarie, mit zweiunddreißig Jahren fast schon am Ende ihres Lebens angelangt, die Kraft für ein Abenteuer mit der quirligen, neun Jahre jüngeren Freundin schlicht nicht mehr aufbrachte. Für sie war es, mehr noch als für Carson, der falsche Zeitpunkt, ein tragisches »Zu spät«; der unkontrollierte Drogenkonsum und anderweitige Liebesenttäuschungen hatten Annemarie immer wieder in die Defensive und schließlich an den Rand der Schizophrenie getrieben, noch im Keim die *amour fou* erstickend, auf die sich Carson so leidenschaftlich und kompromisslos hätte einlassen wollen. Nicht einmal zu einer jener skandalösen Liaisons, wie sie die androgyne Schweizerin im Laufe ihres Lebens mehrfach gepflegt hatte, kam es zwischen den beiden Frauen. Was sich gefühlsmäßig zwischen ihnen abspielte, ist zur Hauptsache im Reich fein nuancierter Möglichkeiten angesiedelt, nährt sich von Carsons Hoffnungen, die sich immer wieder zerschlagen, und von verpassten Chancen für Annemarie, in einer erfüllenden Beziehung die Rastlosigkeit und Zerrissenheit endlich abzulegen, an denen sie ihr Leben lang krankte. Verzicht einerseits und forsches, trotziges Werben anderseits sind somit die Merkmale dieser schwer definierbaren Beziehung; sie diktieren den Rhythmus von Annäherung und Rückzug, von intensivem Dialog und Schweigen zwischen den beiden Frauen, bis am Ende, mit Annemarie Schwarzenbachs Abreise aus Amerika im Januar 1941, die geografische Distanz eine besinnlichere Verbundenheit in Briefform ermöglichte.

Die dreiundzwanzigjährige Carson war seit drei Jahren mit Reeves McCullers verheiratet, als sie Annemarie Schwarzenbach im Juni 1940 in New York kennen lernte, die ihrerseits seit etlichen Jahren mit der Ehefrau des Automobilfabrikanten Heinz von Opel liiert war. Aber nicht eigentlich Margot von Opel und noch weniger Reeves McCullers sollten sich als die entscheidenden Personen erweisen, die das Zusammenkommen der beiden Liebenden verhinderten; Reeves war machtlos angesichts der ungestümen Leidenschaft, die Annemarie in seiner Frau auslöste, und Margot von Opel in der zermürbenden Beziehung zu Annemarie emotional viel zu labil geworden, um die Geliebte längerfristig an sich binden zu können. Unabhängig davon war sowohl Carson als auch Annemarie jegliches bürgerliches Denken fremd und die Selbstverwirklichung ein Ziel, dem beide in ihrer Lebensführung absolute Priorität einräumten.

Die Schlüsselfigur in diesem komplexen und letztlich unglücklichen Liebesreigen spielte vielmehr Erika Mann, die Tochter des Nobelpreisträgers Thomas Mann, die seit 1937 als Auslandskorrespondentin für verschiedene Zeitungen in den Vereinigten Staaten ansässig war und zum Zeitpunkt, als Carson und Annemarie sich in New York kennen lernten, gerade mit ihrem Bruder Klaus in derselben Stadt wohnte. Erika war es, die Carson mit Annemarie bekannt machte, und sie wiederum war es auch, die im Hintergrund, als Projektionsfigur für Annemaries ungestillte Sehnsucht nach Liebe und Geborgenheit, die Beziehung zwischen den beiden Frauen störend beeinflusste.

Die Bekanntschaft Annemaries und Erikas lag genau ein Jahrzehnt zurück; damals gerade zweiundzwanzig Jahre alt, hatte Annemarie mit einem Brief an die forsche Tochter Thomas Manns ihren ersten Schritt in die Bohème gewagt und dieser Schritt sollte sie in den folgenden Jahren immer weiter vom bürgerlichen Elternhaus entfernen, ohne ihr je die ersehnte Integration in den Kreis der Mann-Kinder zu ermöglichen. Sowohl Erika als auch Klaus waren, nicht zuletzt aufgrund ihrer Herkunft, erfolgreiche und etablierte Persönlichkeiten in der Künstlerszene; sie hatten sich bereits in Berlin als Schriftsteller und

Annemarie Schwarzenbach, um 1937

Journalisten einen Namen gemacht, waren auf der Bühne gestanden, besaßen ein Auto, hatten die Welt bereist und vor allem fühlten sie sich frei, ihre homosexuellen Neigungen offen auszuleben. Was konnte ihnen die verwöhnte Schweizer Fabrikantentochter, die sich so verzweifelt, ja fast schon peinlich unterwürfig um ihre Zuneigung bemühte, letztlich bieten? Ihre Prosa fanden beide eher mittelmäßig, das rechtslastige Milieu, dem sie entstammte, verachtenswert, und sie selbst, das melancholische, dem Rauschgift verfallene »Schweizerkind«, ganz nett, aber doch eher bemitleidenswert als liebenswert. Erika duldete Annemarie und ließ sich deren Liebeswerben gefallen, hielt sie aber auf vorsichtige Distanz, während Klaus sich immerhin auf eine Kumpelfreundschaft einließ, weil Annemarie ihm auf beunruhigende Weise den Spiegel seiner eigenen psychischen Fragilität vorhielt.

Es ist gewiss nicht übertrieben zu behaupten, dass Annemaries inneres Drama eben in Erikas Verweigerung wurzelte, sie als liebende Freundin zu akzeptieren und als Schriftstellerin ernst zu nehmen. Die über Jahre eingesteckten Demütigungen durch Erikas Zurückweisung zehrten an Annemaries Selbstvertrauen und trieben sie bis zu ihrem Lebensende immer wieder in tiefe Depressionen. Emotional derart besetzt und blockiert, hatte Annemarie 1940 keine Kraft mehr, um die Gefühle der jungen Carson zu erwidern und eine Liebe auszuleben, die das Engagement ihrer vollen Person gefordert hätte. Insofern tat Annemarie nichts anderes, als unwissentlich das Muster ihrer Beziehung zu Erika zu wiederholen, diesmal aber aus der umgekehrten Perspektive. Mit Carson war nun sie die Umworbene, die mit Zurückhaltung reagierte, gewissermaßen in Erikas Rolle schlüpfend, auch wenn ihr selbst die Überheblichkeit vollkommen fremd war, die sie von dieser hatte erdulden müssen.

Carsons und Annemaries Beziehung ist somit überschattet von Erikas Präsenz in Annemaries Leben; Erika ist der »Störfaktor« in dieser unerfüllten Liebe, und Annemarie aufgrund ihrer Doppelrolle der unglücklich Liebenden und der unnahbar Geliebten interessanterweise die Figur, in der sich zwei schwierige Dreiecksbeziehungen gespiegelt finden.

Beide, sowohl Carson als auch Annemarie, scheinen in ihrem Liebesleben schon sehr früh eine Tendenz zur Dreieckskonstellation ohne sexuelle Präferenz entwickelt zu haben. Schon mit Reeves hatte Carson vor der Ehe auch seinen Freund an sich gebunden, dessen Zuneigung und Bewunderung sie brauchte, um in ihrer Liebe für Reeves ganz aufgehen zu können. Dieses Muster spielte sie später, teilweise mit Reeves' Komplizenschaft, immer von neuem mit anderen Menschen durch und hatte auch nichts dagegen, wenn die erotische Komponente als Bindungselement auch zwischen den zwei Männern spürbar wurde. Annemarie zeigte eine ähnliche Veranlagung, zumal auch Erika und Klaus Mann in ihren Berliner Jahren mit solchen sexuell unklar definierten Dreiecksbeziehungen experimentiert hatten und diese in New York während Carsons und Annemaries Annäherung durch Klaus' Anwesenheit sehr präsent waren. So ist es nicht verwunderlich, dass deren Liebe sich im Zeichen einer solchen problematischen Konstellation anbahnte.

In ihrer absoluten Hingabe und dem Ernst, mit denen sie ihre künstlerischen Ziele verfolgten, fanden Carson und Annemarie jedoch einen festen Boden, auf dem sie ihre gegenseitige Achtung aufbauen konnten. Anders als bei Erika und Klaus Mann, die Nazideutschland von Amerika aus kritisch im Auge behielten, unermüdlich gegen den Krieg anschrieben und in Pamphleten und Vorträgen für eine pazifistische Lösung plädierten, bleibt der europäische Kriegsschauplatz in Carsons und Annemaries literarischem Bewusstsein zweitrangig. Carson verfolgte das Kriegsgeschehen in Europa zeitweise zwar mit Bangen und in ein paar wenigen Texten setzt sie sich auch mit dem Schicksal der amerikanischen Soldaten im Krieg auseinander, doch alles in allem beschränkt sich ihre Prosa – sowohl die Romane als auch die Erzählungen – auf die eher zeitlosen Themen intimer zwischenmenschlicher Gefühle. Annemarie wusste ihrerseits mit der Doppelbegabung als Reporterin und Schriftstellerin bestens umzugehen und scharf zwischen politischer Reportage und belletristischen Texten zu trennen; mit ersteren lag sie gesinnungsmäßig auf derselben Linie wie Erika, doch entbehrte sie letztlich Erikas Engagement und Energie, auf die Worte auch Taten folgen zu lassen. Wie bei Carson erwies sich die literarische Verarbeitung persönlicher Konflikte für sie als dringlicher. Schreibend begegneten Carson und Annemarie einander somit als Seelenverwandte, insbesondere in den letzten Monaten von Annemaries Leben, als diese fern von Carson im tiefsten Afrika an einem Roman arbeitete, dessen Thematik – die fast schon mystische Suche nach dem Einklang der Innenwelt mit der Natur – stark an jene in Carsons gleichzeitig entstehenden Erzählungen erinnert. In einem Brief an Carson bekannte Annemarie, dass sie die Freundin in ihrer introspektiven Schreibarbeit so sehr liebe, als wäre sie ihre Schwester.[3] In einem früheren Brief bezeichnete sie sich und Carson, ebenfalls auf das Schreiben bezogen, gar als Brüder, als so innig miteinander verbunden wie Blutsverwandte.[4]

Diese schöne Verwandtschaft vermag aber nicht über eine Tatsache hinwegtäuschen, welche die Beziehung zwischen den beiden charakterlich doch sehr unterschiedlichen Frauen von Grund auf mitbestimmt haben muss. Carson überbordete geradezu vor Jugend und Optimismus und stand eben am Anfang einer fulminanten literarischen Karriere, als sie sich in Annemarie verliebte, während Annemarie, von Drogen, Enttäuschungen und ungelösten inneren Konflikten verbraucht, nur noch zwei Jahre zu leben hatte. Von diesem Blickwinkel aus betrachtet sind die beiden Frauen einander mit Lebensperspektiven begegnet, die gegensätzlicher nicht hätten sein können und sich für eine langfristige, erfüllende Liebesbeziehung denn auch als unvereinbar erwiesen. Darin mag man vielleicht eine gewisse Tragik erkennen, doch umgekehrt sorgte gerade diese diametral unterschiedliche Erwartungshaltung für die Spannungen und Anreize, welche den Nährboden für die Gefühle der beiden Freundinnen lieferten. Carson liebte an Annemarie das Dunkle und Verzweifelte, und diese wiederum, die das Scheitern sozusagen zu ihrem Lebensprogramm gemacht hatte, konnte nicht umhin, als von der naiven Jugendlichkeit und Zuversicht der erfolgsverwöhnten Amerikanerin fasziniert zu sein. Eben in der Konvergenz der unterschiedlichen Lebensentwürfe von Carson McCullers und Annemarie Schwarzenbach, die von Juni 1940 bis November 1942 aller Wahrscheinlichkeit zum Trotz sogar zaghaft parallel verliefen, liegt der besondere Reiz ihrer Liebe.

Carson

Am 4. Juni 1940 brachte das angesehene amerikanische Verlagshaus *Houghton & Miffin* den Roman einer Unbekannten auf den Markt, ein schmales Bändchen, welches das New Yorker Publikum in den folgenden Tagen im Sturm eroberte. Es trug einen ungewöhnlichen poetischen Titel, unter dem sich niemand etwas vorstellen konnte, dessen Kombination von zartem Gefühl und Wildheit jedoch auf Anhieb die Fantasie der Leser anregte. Der Titel allein hätte allerdings niemals das unglaubliche Marketingwunder bewirken können, welches das Buch über Nacht zum nationalen Bestseller machte. Die Verleger wussten, dass es neben der Qualität des Textes auch eines werbewirksamen Blickfangs bedurfte, um die literarisch verwöhnten New Yorker zu ködern. So türmte sich *Das Herz ist ein einsamer Jäger* am Erscheinungstag in den Schaufenstern der Buchhandlungen vor dem Hintergrund eines groß aufgezogenen Porträtfotos der Autorin auf. Wer den Passanten verschmitzt und eine Spur unsicher entgegen lächelte, war nicht die übliche graue Eminenz der Literatur, kein Star der zeitgenössischen amerikanischen Erzählkunst, sondern eine junge Frau, nein, ein Mädchen fast, das aussah, als drückte es noch die Schulbank. Zwar handelte es sich um ein gestelltes Bild, das Fräulein hielt eine Feder zwischen den Fingern und die Hände ruhten auf ein paar Exemplaren ihres Romans, aber das pausbäckige Gesicht der Jugendlichen, von dunklen, schulterlangen Haaren und einer Ponyfranse umrahmt, verriet eine Frische und Unbekümmertheit, die nur schwer mit dem ernsten Beruf der Schriftstellerei zu vereinbaren waren. Der Widerspruch war gut kalkuliert; er war es, der die Neugier der Leser weckte, so sehr, dass kaum eine Woche verging, bis das burschikose Mädchen im Männerhemd und enger Samtjacke die namhaftesten Zeitungen des Landes zu beschäftigen begann. Von außergewöhnlicher Begabung war die Rede, gar von Genie, und allerorts wurde die psychologische Reife, die sprachliche Meisterschaft und Poesie ihres Romans gelobt. Selbst arrivierte Autoren wie Graham Greene und Evelyn Waugh hielten nicht mit bewundernden Kommentaren zurück, und der schwarze Schriftsteller Richard Wright zollte der Autorin ein Kompliment der besonderen Art, als er bekannte, dass er zum ersten Mal das Buch einer weißen Schriftstellerin in Händen halte, in dem die Figuren von Schwarzen mit natürlichem Respekt und Echtheit porträtiert seien. Wrights Rezension von *Das Herz ist ein einsamer Jäger* spiegelte aber gleichzeitig auch die Ratlosigkeit des Publikums bezüglich der Identität der Autorin wider. Der Klappentext verriet nämlich lediglich – auch dies ein kluges Kalkül des Verlags –, dass besagte Carson McCullers zweiundzwanzig Jahre alt[5] und verheiratet sei, aus dem Süden stamme und neuerdings in New York lebe. Zu wenig, fand Wright, um sich ein Bild von ihr zu machen, und vor allem zu wenig, um zu erklären, wie ein Mädchen vom Lande von einem Tag auf den anderen mit einem Erstling in die vordersten Ränge der amerikanischen Gegenwartsliteratur hatte vorstoßen können. Wer war diese Carson McCullers? Wie und wo genau lebte sie? Die Leser wollten alles über das hübsche Wunderfräulein erfahren. Der Verlag geizte indessen mit Informationen und hielt sich, um seine Autorin vor dem Schock der plötzlichen Berühmtheit zu schützen, mit der Vermarktung ihrer Person anfangs bewusst zurück.

Ihren eigenen Worten nach zu urteilen,[6] verbrachte Carson McCullers jenen Junitag, der den Beginn ihrer spektakulären literarischen Karriere markierte, allein und einsam in einer billigen Pension in der New Yorker West Side. Sie war eine Woche zuvor mit ihrem Ehemann Reeves per Bus aus Fayetteville, Arkansas, angereist, und während Reeves für eine Segelfahrt zu einem Freund nach Nantucket weiter gefahren war, hatte Carson trotz eines großzügigen Verlagsvorschusses versucht, möglichst bescheiden in der Stadt über die Runden zu kommen; die Armut der letzten beiden Jahre an Reeves' Seite hatte sie, was Geldsachen anbelangte, offenbar zur Vorsicht erzogen.

Eine telegrafische Einladung ihres Verlegers Robert Linscott zu einer Besprechung ins noble Bedford Hotel stellte sie jedoch sogleich vor ein erstes finanzielles Dilemma: Was anziehen zu dieser ersten entscheidenden Begegnung? Carson, die am liebsten Reeves' Hemden trug und in der Schulzeit wegen ihres unmodischen Kleidungsstils oft ausgelacht worden war, fand im Schrank nichts Passendes. Wohl oder übel musste sie ihren Geldbeutel zücken und für den Anlass ein neues Kleid kaufen. Sie wählte der Jahreszeit entsprechend etwas Sommerliches, schreibt sie, ein Kostüm, worin sie sich selbstsicher genug fühlte, um dem Verleger nach Wochen brieflichen Kontakts am 5. Juni 1940 erstmals persönlich zu begegnen.

Sie war aufgeregt, aber nicht ängstlich, hatte sie doch seit Linscotts begeisterter Zusage allen Grund, sich eine brillante schriftstellerische Zukunft auszumalen. Ein zweiter Roman lag bereits fertig in der Schublade, und für die Niederschrift des dritten Romans, in dem ein deutscher Jude eine wichtige Rolle spielen würde, fehlte ihr bloß noch der Rat einer Person, die Deutschland und die Judenfrage aus erster Hand kannte und bereit war, sie darüber aufzuklären. Sie hatte hierfür nicht weit suchen müssen. Seit dem Ausbruch des zweiten Weltkriegs lebten in New York zahlreiche deutsche Exilautoren, mit denen sie sich verständigen konnte, waren darunter doch manche, die ohne Hoffnung auf eine Rückkehr in die Heimat begonnen hatten, ihre Bücher in der Exilsprache zu verfassen. Carsons Wahl war nach einem ersten, fruchtlosen Anlauf bei Greta Garbo auf Erika Mann gefallen. Als engagierte Kriegsreferentin erfreute sich Thomas Manns Tochter in den intellektuellen Kreisen Amerikas eines gewissen Bekanntheitsgrades, und wenn sie nicht gerade auf Vortragstournee war, arbeitete sie in New York als Korrespondentin für die *BBC* und verschiedene amerikanische, kanadische und britische Zeitungen. Zufällig wohnte sie zusammen mit dem Bruder Klaus in demselben Hotel, in dem Carsons Verleger abgestiegen war. Außerdem hatte sie zusammen mit Klaus zwei Jahre zuvor ein beachtliches Buch über die deutsche Kultur im Exil verfasst, *Escape to Life*, in dem sie beide mit kritischer Feder die Entstehung Nazideutschlands schilderten und das Schicksal jener nazifeindlichen Künstler und Intellektuellen, Deutschen und Juden, nachzeichneten, die noch rechtzeitig die Reise nach Amerika angetreten hatten und nun in der neuen Heimat, mit unterschiedlichem Glück, Fuß zu fassen versuchten.[7] Carsons Wahl hätte somit treffender nicht sein können, und

Carson McCullers, August 1943

obwohl Erika, wahres Energiebündel und immer sprühend vor Ideen und neuen Projekten, eine viel beschäftigte Frau war, hatte sie Carsons Brief freundlich beantwortet und auch gleich eine Verabredung im Bedford vorgeschlagen.

Carsons Erinnerungen zufolge lernte sie nun am 5. Juni im Bedford Hotel nicht nur Robert Linscott kennen, sondern auch Erika Mann – und durch sie die große Liebe ihres Lebens. In jenen Tagen war Erika Mann nämlich selten allein anzutreffen; die Schweizer Reisereporterin und Freundin Annemarie Schwarzenbach, die seit zehn Jahren erfolglos versuchte, sie in ein Liebesverhältnis zu verwickeln, war ihr einen Monat zuvor über den Atlantik nach New York nachgereist und verkehrte, ihr Leben ganz auf jenes Erikas ausrichtend, entsprechend häufig im Bedford Hotel. Die schicksalhafte Begegnung mit Carson, die im Leben beider Frauen nachhaltige Spuren hinterlassen sollte, war unvermeidlich.

Carsons Unterredung mit Linscott kreiste um die Veröffentlichungsstrategie von *Das Herz ist ein einsamer Jäger* sowie um *Army Post*, den zweiten Roman, den Carson ihm anzubieten hatte. Linscott zeigte Interesse, bat die voreilige Autorin jedoch um Geduld und lud sie abschließend für ein paar Tage nach Boston zu seiner Familie ein, und Carson, mit der ihr eigenen leidenschaftlichen Spontaneität, sagte sofort zu. Linscott war ihr auf den ersten Blick sympathisch, sie fühlte intuitiv, dass sie in ihm einen feinsinnigen und erfahrenen Betreuer gefunden hatte, unter dessen Fittichen sie gut aufgehoben war. Ihr Gefühl sollte ihr Recht geben; nicht nur wusste Linscott ihre Begabung zu schätzen und gut zu vermarkten, sondern er förderte sie in den nächsten Jahren auch aktiv mit der Vermittlung von Stipendien und Schreibaufenthalten. Im Gegenzug hielt Carson ihm ihre

Treue, indem sie alle ihre Werke bei *Houghton & Miffin* herausgab, selbst in den Jahren, als sie, auf dem Gipfel ihres Ruhms, finanziell weit attraktivere Verlagsangebote erhielt.

Dieses erste wichtige Gespräch mit Linscott fand in Erika Manns Zimmer statt, wahrscheinlich auch in deren Gegenwart. Als Linscott sich verabschiedet hatte, unterhielten sich die beiden Frauen über Carsons dritten Roman, und es scheint, dass Erika der jungen Autorin wertvolle Ratschläge und Impulse gab. Carson äußerte sich hierzu dankbar in ihrer Autobiografie; aus Erikas Feder ist jedoch nichts überliefert. Überhaupt scheint Erika, der Quellenlage nach zu urteilen, über ihre Bekanntschaft mit Carson praktisch keine schriftlichen Aussagen hinterlassen zu haben, im Unterschied zum Bruder Klaus, der sich in Tagebüchern und Briefen über die Jahre immer wieder zu Carson als Person und Schriftstellerin geäußert hat. Klaus war an jenem 5. Juni allerdings nicht zugegen, doch lernte er Carson wenige Tage später kennen, als deren Ehemann Reeves von seiner Segeltour wieder in New York zurück war. Am 12. Juni vermerkt Klaus Mann in seinem Tagebuch, dass er in der vergangenen Woche eine »seltsame neue Bekanntschaft« gemacht habe,

> »diese junge Carson McCullers, Autorin von *The Heart is a Lonely Hunter,* mit ihrem – gleichfalls seltsamen – Mann, frisch aus dem Süden eingetroffen. Sonderbar primitives, naiv-morbides Geschöpf. Vielleicht sehr begabt. Schreibt etwas über einen Emigranten und einen Neger ...«

Carson McCullers taucht von diesem Zeitpunkt an sporadisch in Klaus Manns Tagebuch auf, und meist beschreibt er sie als ein weltfremdes und etwas hilfloses Wesen. Seine Sätze verraten sowohl Rührung als auch Irritation, und wenn er mit der Zeit von Carsons Prosa auch zunehmend angetan war, so blieb ihm die Frau bis zum Schluss ein Rätsel. Er, der elegante Kosmopolit, der sich wie die Schwester Erika während der Kriegsjahre als couragierter Ächter des Nazi-Regimes und des Faschismus verausgabte und die Literatur sodann mit logischer Konsequenz in den Dienst seiner aufklärerischen Mission stellte, wurde aus diesem introvertierten, ganz in den Mythen seiner ländlichen Heimat verwurzelten Wesen nicht klug. Seltsam und naiv fand er sie und wegen ihres Hustens, den er fälschlicherweise für das Symptom einer Tuberkulose hielt, sogar morbid. Bald war sie in seinen Augen nur noch die »arme Carson«, und einmal sogar die »tragisch-hustende, mausgraue Carson.«[8]

Ansonsten ein scharfer Beobachter, ließ sich Klaus Mann offenbar von Carsons Gesundheitszustand blenden; er erkannte nicht, dass sich in ihrem zerbrechlichen Körper ein eiserner Wille, viel Kraft und Glaube an das eigene Talent verbargen. Vor allem aber blieb ihm als eingefleischtem Großstadtmenschen die Einsicht in eine Persönlichkeit verwehrt, die so nachhaltig von ihrer Vergangenheit in einem verschlafenen Nest der Südstaaten geprägt worden war.

Carson – eigentlich Lula Carson – kam am 19. Februar 1917 in Columbus, Georgia, als älteste Tochter des Goldschmieds Lamar Smith und Marguerite Waters zur Welt. Für die Mutter stand von Anfang an fest, dass sie ein Wunderkind geboren hatte und Lula als Pianistin Weltruhm erlangen würde. Diese Gewissheit behielt sie nicht etwa für sich, sondern sie schwatzte der ganzen Nachbarschaft die Ohren voll von klein Lulas außerordentlicher musikalischer Begabung, noch bevor das Kind auch nur einen Ton auf dem Familienklavier gespielt hatte. Die grenzenlose Bewunderung der Mutter musste notgedrungen auf das Selbstbewusstsein des Mädchens abfärben, und tatsächlich fühlte sich Lula Carson bald selbst zu Großem auserkoren. Bereits mit fünf Jahren war sie felsenfest überzeugt, dass sie eines Tages reich und berühmt sein werde. Allein die Berühmten zählen auf dieser Welt, verkündete sie, und für sie komme im Leben nichts anderes in Frage, als zu jenen zu gehören, die zählen.

Diese Haltung, die bisweilen in eine unsympathische Überheblichkeit kippen konnte, behielt Carson auch als Erwachsene bei, und sie bescherte ihr in literarischen Kreisen nicht nur Freunde. Im Mittelpunkt zu stehen, war für sie selbstverständlich; vom Elternhaus gewöhnt, dass man ihr zu jeder Zeit volle Aufmerksamkeit schenkte und für alles, was sie sagte und tat, lobte, entwickelte sie schon früh einen sturen Ehrgeiz, andere zu überragen und mit ihren künstlerischen Leistungen von sich reden zu machen.

Mehr noch als die Musik faszinierte Lula jedoch in der Kindheit der Klang der Wörter, vor allem langer, schwer aussprechbarer Wörter, deren Bedeutung sie noch nicht kannte. Es waren dies die »köstlichen Wörter«, die auf der Zunge zergingen wie die bunten Bonbons vom Krämerladen des Quartiers. Sie beflügelten sie, Geschichten und Theaterstücke für sich und die jüngeren Geschwister Lamar Jr. und Rita auszudenken. Und später, nachdem sie lesen gelernt hatte und die schwierigsten Wörter sich ihr eins ums andere erschlossen, vergrub sie sich in der Welt der Bücher, las alles, was ihr unter die Finger kam, und unternahm erste Schreibversuche. Als sie fünfzehn Jahre alt war und das ferne New York sie mit Sehnsucht zu erfüllen begann, schrieb sie über die unbekannte Stadt sogar einen Roman.

Aus Lula war inzwischen Carson geworden,[9] und die Laufbahn einer Pianistin rückte in den Bereich des Möglichen. Carson zeigte von der ersten Klavierstunde an ein viel versprechendes technisches und gestalterisches Talent, vor allem aber einen verbissenen Fleiß, dank dem sie in dieser Kunst an ihre äußersten Grenzen stoßen wollte. Jahrelang übte sie mindestens fünf Stunden am Tag, zum Leidwesen der Nachbarn oft schon von vier Uhr morgens an bis Schulbeginn, und sie liebte es, der Familie und Besuchern ihre Lieblingsstücke vorzuspielen, etwa die zweite ungarische Rhapsodie von Liszt, die sie bereits als Elfjährige mit beeindruckendem Brio bewältigte. Vom Mädchen Mick, das Carson in Bezug auf die Musik im Roman *Das Herz ist ein einsamer Jäger* als ein Alter Ego beschreibt, heißt es beispielsweise:

> »Komisch: fast die ganze Zeit ging ihr irgendein Klavierstück oder eine andere Musik im Kopf herum. Was sie tat oder dachte – es war fast immer da.«[10]

Und an einer späteren Stelle:

> »Aber was sie auch tat – immer war Musik dabei. Manchmal summte sie beim Gehen vor sich hin, und manchmal lauschte sie stumm in sich hinein. Sie hatte alle mögliche Musik in sich.«[11]

Die Musik, stellte ihre erste Lehrerin fest, bedeutete für Carson nicht nur eine Kunstsparte, in der sie ihre intimsten Regungen ausdrücken oder brillieren konnte, sondern auch eine Gefährtin in einsamen Stunden. Denn Carson war eine Einzelgängerin, die lieber allein in den Straßen herumstreunte oder zu Hause grübelte, als sich mit Gleichaltrigen zu vergnügen. Ihre Spaziergänge führten sie über die Grenzen des weißen Quartiers hinaus zu den Baracken der Schwarzen und der Außenseiter; und wenn der *Chattahoochee Valley Jahrmarkt* tagte, bestaunte sie die zur Schau gestellten schrägen Gestalten, etwa die Eidechsenfrau, den Zigarettenmann und andere kuriose Missgestalten, die sie über alle Maßen faszinierten. Ansonsten hielt sich das Mädchen jedoch gern auf Distanz.

Carsons Vorliebe für Randfiguren wird sich später in einer beeindruckenden Palette von Freaks und Misfits in ihrem Œuvre niederschlagen, die meist vergeblich einen Weg aus der gesellschaftlichen Isolation und Stigmatisierung suchen. Vom taubstummen Singer über den Herumtreiber Jake Blount bis zum schwarzen Arzt Benedikt Copeland in *Das Herz ist ein einsamer Jäger*, vom buckligen Zwerg Lymon und der vereinsamten, abgestumpften Amalia in *Die Ballade vom traurigen Café* bis zu Frankie, dem unangepassten Teenager im gleichnamigen Roman, hat Carson Menschen in den Mittelpunkt ihrer Erzählkunst gestellt, die sich mit ihrer Einordnung ins soziale Gefüge schwer tun und oft auf spektakuläre Weise scheitern. Ihnen gilt Carsons ganze Empathie; ob sie nun an physischen Gebrechen leiden oder aufgrund von Rassen- oder Klassenunterschieden spezifische Probleme der Sozialisierung zu bewältigen haben: Carson scheint bei der Beschreibung von deren privaten Dramen aus dem Vollen ihrer Kindheitserinnerungen geschöpft zu haben.

Auch sie fühlte sich als junges Mädchen wie ein Freak und Misfit. Erst als die Konzertpianistin Mary Tucker sich ihrer musikalischen Ausbildung annahm, entwickelte Carson eine erste intensive Freundschaft – nicht zur Lehrerin selbst, die aufgrund ihrer Strenge und der hohen Anforderungen mehr Ehrfurcht als Zuneigung in ihr weckte –, sondern zu deren gleichaltrigen Tochter Gin. Diesem Mädchen fühlte sich Carson in berauschender Weise nahe, zusammen erkundeten sie die Welt der Kunst und der Literatur und machten Reitausflüge. Carson, die schlaksige Bohnenstange, die von ihren Mitschülerinnen wegen ihres seltsamen Kleidungsstils und der kunstlosen Haarfrisur verspottet wurde, gab sich dieser neuen Freundschaft leidenschaftlich hin und erlebte mit Gin zum ersten Mal das beglückende Gefühl eines vollkommenen Einverständnisses. Sie ging im Haus der Tuckers ein und aus und verstand sich als ein Mitglied der Familie, umso mehr, als sie als zukünftige Pianistin in Begriff war, die Erwartungen ihrer Lehrerin zu erfüllen.

Es sollte jedoch anders kommen. Der Traum, dereinst mit ihrem Klavierspiel die Konzerthallen der Welt zu füllen, musste die fünfzehnjährige Carson nach einer längeren Krankheit begraben. Was die Ärzte irrtümlicherweise als Lungenentzündung diagnostiziert hatten, erwies sich rückblickend als eine besonders schwere Form von rheumatischem Fieber, die eine langwierige Rekonvaleszenz bedingte und die Kranke zwang, ihre Lebenspläne zu überdenken. Während sie sich in einem Sanatorium erholte, drängte sich ihr erstmals die Frage auf, ob sie auch die nötige Kraft und physische Voraussetzung für eine Konzertkarriere haben würde. Hin und her gerissen zwischen Musik und Literatur, rang sich Carson nach der Genesung doch noch zum Verzicht auf die Musikkarriere durch. Mary Tucker davon in Kenntnis zu setzen, wagte sie indessen nicht. Noch eineinhalb Jahre übte sie mit unvermindertem Fleiß auf ein Ziel hin, an welches sie nicht mehr glaubte.

Die Versetzung der Familie Tucker nach Maryland im Frühjahr 1934 bescherte Carson ihre erste große Enttäuschung und das bittere Gefühl, im Stich gelassen zu werden, ein Gefühl, das die Schriftstellerin später zu ihrem wichtigsten literarischen Thema ausgestaltete und in verschiedenen Variationen immer wieder durchspielte. Es war die Zerstörung eines Gemeinschaftsgefühls, die Auflösung des berühmten McCullerschen »We of me«, die Carson in den beiden Romanen *Die Ballade vom traurigen Café* und *Frankie* ihre Heldinnen aufs Schmerzlichste erleiden lassen wird. Carsons endgültige Absage an die Musik gehört zu den Mythen, mit denen sie in späteren Jahren ihre Biografie gern etwas aufgepeppt hat. Noch wussten die Eltern nichts von dieser Absage und waren gewillt, ihrer begabten Tochter den Weg zur Pianistenkarriere nach bestem Vermögen zu ebnen. So ist etwa belegt, dass sie einen wertvollen Smaragdring verkauften, um Carson nach dem wenig rühmlichen Schulabschluss die Reise nach New York und den Beginn ihrer Musikausbildung an der berühmten Schule *Juillard* zu finanzieren. Carson, die in ihrem Leben nie über Cincinnati hinausgelangt war, bestieg mit siebzehn Jahren tatsächlich allein den Zug nach Savannah an der Küste, von wo sie nach einer dreitägigen Schiffsreise in New York ankam – mit fünfhundert Dollar, die ihr die Mutter an die Unterwäsche geheftet hatte, und widersprüchlichen künstlerischen Plänen. Literatur oder doch die Musik? Vor ihrer Abreise nach New York scheint Carson noch einmal ernsthaft an die Pianistenkarriere gedacht zu haben, doch regelte sich das Problem offenbar auf wunderbare Weise von selbst. Wie es jedoch dazu kam, dass Carson bereits in den ersten Tagen ihr kleines Vermögen verlor, ob sie es in der Untergrundbahn liegen ließ oder ob sie ausgeraubt wurde, darüber sind noch heute verschiedene Geschichten im Umlauf. Das Geld war jedenfalls zu Carsons tiefstem Entsetzen von einem Tag auf den anderen spurlos verschwunden. Über diese schwierige Zeit befragt, erzählte Carson gern, dass sie sich nach anfänglicher Unterstützung durch ein älteres Mädchen aus ihrer Heimatstadt mit allerlei Gelegenheitsjobs über Wasser gehalten und in einem schäbigen Haus an der 34sten Straße eingemietet habe, von dem sie lange nicht wusste, dass es ein Bordell war.

Das unschuldige Mädchen vom Land reagierte auf die Großstadt jedenfalls mit einer Mischung von bravouröser Selbstsicherheit und panikartigem Rückzug. Den Geldverlust interpretierte sie als ein Zeichen, dass sie für die Literatur geschaffen war, und gab sich im seltenen Umgang mit ihren Mitmenschen bisweilen recht überheblich, als wäre sie bereits eine arrivierte Schriftstellerin. Obwohl sie noch keine einzige Zeile veröffentlicht hatte, wiederholte sie damit die Erwartungshaltung der Mutter, die im Säugling Carson bereits eine Pianistin von Weltformat erkannt zu haben meinte. Umgekehrt konnte sich Carson stundenlang in Telefonkabinen verkriechen oder sich in der Untergrundbahn unter die Menge mischen, bloß um ihre Einsamkeit zu vergessen, verängstigt und zugleich staunend über die grausame Anonymität New Yorks. An die kostspielige Ausbildung bei *Juillard* war nicht mehr zu denken; aus Angst, von den Eltern nach Columbus zurückgepfiffen zu werden, hatte Carson in ihren Briefen an die Mutter den Geldverlust verschwiegen. Statt der Musik übte sich Carson nun im Schreiben. Sie schrieb am Morgen und besuchte abends Kurse für kreatives Schreiben an der Columbia University, nachdem sie am Nachmittag als Kellnerin oder Sekretärin gearbeitet oder gegen Bezahlung Hunde spazieren geführt hatte. Selten hielt sie es in einem Job lange aus; entweder arbeitete sie fahrlässig oder sie wurde beim Lesen ertappt, was jedes Mal zur fristlosen Entlassung führte.

In diesem ersten Winter in New York plagte Carson nicht nur der Hunger, auch das raue, feuchte Klima setzte ihr zu und schwächte ihre Gesundheit, mit der es seit dem rheumatischen Fieber zwei Jahre zuvor ohnehin nicht mehr zum Besten bestellt war. Zum Glück erhielt sie regelmäßig Nachrichten von Zuhause; die Briefe linderten ihre Einsamkeit und gaben ihr das beruhigende Gefühl, aus der Ferne noch Teil einer Gemeinschaft zu sein. Diese hatte sich inzwischen um zwei Mitglieder vergrößert. Schon vor Carsons Wegzug hatte Mary Tucker sie mit Edwin Peacock bekannt gemacht, einem jungen, musisch interessierten Angestellten im nahen Fort Benning, zu dem sie genügend Vertrauen gefasst hatte, um ihm ihre ersten literarischen Arbeiten zu zeigen. Carsons Mutter hatte Peacock auf Anhieb lieb gewonnen und sozusagen als Adoptivsohn im Familienkreis aufgenommen. Als Peacock ihr später seinen Freund Reeves McCullers vorstellte, dehnte sie ihre Gastfreundschaft mit herzlichster Selbstverständlichkeit auch auf ihn aus, und so war in ihren Briefen an Carson öfters die Rede von *my boys*. Reeves, charmant und wohl erzogen, dem Alkohol und den Frauen nicht abgeneigt, hatte in Fort Benning eine Militärkarriere begonnen, träumte aber davon, sich als Schriftsteller einen Namen zu machen. Mit Marguerite Smiths Lobreden auf die ferne Tochter und

Peacocks Beschreibungen von Carsons musikalischem und literarischem Talent im Ohr, entwickelte er für die Unbekannte schon bald schwärmerische Gefühle, die allerdings nicht ganz frei von Neid waren.

Im Sommer 1935 kehrte Carson in ihre Heimatstadt zurück, gereift und bezüglich ihrer Schriftstellerei selbstsicherer denn je, doch in den Augen der Einwohner, die das Mädchen schon immer seltsam entrückt gefunden hatten, kein bisschen zugänglicher und »normaler«. Reeves hingegen fand sie wunderbar und genial, so wie ihre Mutter und Freund Edwin sie ihm beschrieben hatten, und der Schritt von der stillen Verehrung zur Liebe war nur ein kleiner. Den ganzen Sommer wich er nicht von ihrer Seite. Es gehörte jedoch zu Carsons Eigenarten, dass sie, obzwar sie seine Gefühle erwiderte, den Freund Edwin am liebsten mit dabei hatte. Zu dritt hörten sie Musik und lasen Gedichte, machten Ausflüge in die Umgebung und schmiedeten Zukunftspläne. Carson genoss die besondere Konstellation, die sie in den Mittelpunkt von Freundschaft und Liebe stellte. Sie liebte Reeves, und beiden war schon nach wenigen Wochen klar, dass sie dereinst zusammen nach New York ziehen und Großes leisten würden. Aber zu ihrem Glück gehörte auch Edwin, ein Dritter im Bund, dessen Freundschaft zu beiden in ihrem Empfinden erst den Boden schaffte, auf dem ihre Liebe gedeihen konnte. Dieses Muster der »Dreisamkeit« hat Carson in ihrem Leben immer wieder durchgespielt und dabei – nicht immer bewusst – die Grenzen zwischen platonischer Freundschaft und erotischer Liebe verwischt. Eben dieses Muster sollte Carson in wenigen Jahren erstmals aufs Schmerzhafteste aus einer neuen Perspektive erleben: nicht mehr als der kontrollierende Mittelpunkt, als den sie sich gewöhnlich zu inszenieren wusste, sondern als Werbende um Annemarie Schwarzenbach, die, ihrerseits in einem anderen Dreiecksverhältnis verstrickt, die Zügel der Beziehung in den Händen hielt und dessen Verlauf weithin bestimmte. Das unbestimmte Oszillieren zwischen freundschaftlichen Gefühlen und erotischer Anziehungskraft, zu dem Carson nun einmal tendierte, sorgte für emotionale Spannungen in dieser Art von Beziehung, und solange Carson, wie im Fall ihrer ersten »Dreisamkeit« mit Reeves und Peacock, die zentrale Rolle der zweifach Verehrten spielen konnte, war diese Erfahrung noch ganz nach ihrem Geschmack.

Obwohl sie Reeves zwei Jahre später, kaum zwanzigjährig, heiratete, war Carson in ihrer sexuellen Identität nicht fixiert. Sie merkte früh, dass Frauen eine verstörende Anziehungskraft auf sie ausüben konnten und es ihr bei Männern selten gelang, klar zu unterscheiden, welcher Art ihre Gefühle für sie waren. Ein Leben zu dritt malte sich Carson deshalb als ideale Kombination aus, und der vier Jahre ältere Reeves, der selbst homoerotische Tendenzen zeigte, schien Carson darin vorerst nicht im Wege stehen zu wollen.

Zum Semesterbeginn reiste eine veränderte Carson nach New York zurück. Sie fühlte sich nahe am Durchbruch und freute sich, dass ihre Einsamkeit in der Metropole nur noch von kurzer Dauer sein würde, denn Reeves wollte baldmöglichst seine Militärkarriere an den Nagel hängen und nach New York ziehen, um sich der Schriftstellerei zu widmen. Carson suchte inzwischen besseren Schreibunterricht und fand im *Washington Square College* eine Tutorin, die, wie damals Mary Tucker, konstruktive Kritik ausübte und sie zu harter Disziplin und Selbstkritik anhielt.[12]

Carson und Reeves McCullers, ca. 1939

Carson verdankte Sylvia Bates nicht nur die Vervollkommnung ihrer künstlerischen Mittel, sondern auch wertvolle Beziehungen in der literarischen Welt. Durch sie lernte Carson u. a. das Ehepaar Burnett kennen, das in ihrer Zeitschrift *Story* unbekannte Talente zu Wort kommen ließ und im Dezember 1936 Carsons autobiografisch gefärbte Geschichte *Wunderkind* abdruckte.

Langsam begannen sich die vielen, unter Sylvia Bates' Aufsicht entstandenen Texte zu einem Roman zu konfigurieren, doch Carson, die wie eine Besessene schrieb und sich nur noch von schwarzem Kaffee und Zigaretten ernährte, war nach dem Studienjahr am Ende ihrer Kräfte und musste widerwillig zur Erholung ins Elternhaus zurückkehren. Den ganzen Winter war Carson bettlägerig und wieder war die Fehldiagnose: Tuberkulose – obwohl es sich um einen zweiten Schub des rheumatischen Fiebers handelte, das, unerkannt und falsch behandelt, ihr Herz auf Lebzeiten schwächte.

Reeves hatte inzwischen seine Entlassung aus dem Militär eingeleitet, mit einem Freund eine Wohnung in New York bezogen und sich wie Carson für einen Schreibkurs angemeldet. Carsons Krankheit machte ihm jedoch einen Strich durch die Rechnung; ihretwegen brach er seine Ausbildung ab, um sie nach Columbus zu begleiten. Dies war ein schwerwiegender Rückschritt in seiner beruflichen Entwicklung, von dem er sich nie erholen sollte.

Zurück in der Heimat zogen Reeves und Carson zusammen nach Charlotte in North Carolina, wo er bei der *Retail Credit Corporation* eine Stelle als Revisor gefunden hatte. Am Ende des Tages blieb weder Zeit noch Energie zum Schreiben, und sein Traum vom Schriftstellerpaar rückte immer mehr außer Reichweite. Carson schrieb, während er für die materielle Sicherheit sorgte, und so sollte es lange bleiben, denn vom vereinbarten Rollentausch wollte Carson plötzlich nichts mehr wissen. Sie war die große Schriftstellerin, der man huldigen, das Genie, für dessen Entfaltung man möglichst alle Hindernisse aus dem Weg räumen musste. Sie schrieb gerade die ersten Kapitel eines Romans, von dem sie sich einen durchschlagenden Erfolg versprach, und wollte nicht merken, dass Reeves zunehmend unzufrieden und orientierungslos wurde und sie beide mit seinen Trinkgewohnheiten in einen selbstzerstörerischen Malstrom hinunterriss. Der übermäßige Alkoholkonsum überschattete die ersten Ehejahre, immer öfter kam es zu heftigen Streitereien. Doch Carson verfolgte ihr Ziel unbeirrt weiter, und im Frühling 1939 beendete sie ihren Roman *Das Herz ist ein einsamer Jäger*[13] und schrieb nach einer kurzen Pause innerhalb von zwei Monaten gleich einen zweiten Roman, *Army Post*,[14] während bereits eine dritte Geschichte in ihrem Kopf Form anzunehmen begann.

Klaus Mann lernte Carson im Juni 1940 unmittelbar nach der Veröffentlichung ihres Erstlings kennen; er las ihn und war, wie alle, die sich mit Carsons Buch befassten, ziemlich neugierig auf die Autorin; über ihre Vergangenheit erfuhr er allerdings wenig, und es ist zu vermuten, dass ihn diese nicht sonderlich interessierte. Die Zeichen ihrer provinziellen Herkunft befremdeten ihn, und wegen der Intensität, mit der sie Menschen für sich vereinnahmte und durch die sie später auch hin und wieder unangenehm auffiel, zog er es vor, die Bekanntschaft auf Distanz zu pflegen.

Carson war von den Geschwistern Erika und Klaus hingegen fasziniert. Ihre Herkunft und intellektuelle Geschliffenheit waren ganz nach ihrem Geschmack. Aber vor allem die Tatsache, dass die zwei zusammen eine mehrmonatige Weltreise unternommen hatten und Erika sogar einmal ein internationales Autorennen quer durch Europa gewonnen hatte, verleitete sie, die sich selbst solches niemals zutraute, zu romantischer Schwärmerei.

Annemarie Schwarzenbach, 1932

Annemarie

Es ist denkbar, dass Carson bereits anlässlich ihres ersten Treffens im Bedford Hotel von Erikas sportlichen und politischen Heldentaten erfuhr, doch in ihren Erinnerungen an jenen Tag hält sie sich nicht lange bei Erika auf. Selbst Robert Linscott, der in ihrer Karriere eine derart wichtige Rolle spielen sollte, widmet sie nur gerade ein paar Sätze. Dass sie jenen 5. Juni 1940 überhaupt erwähnt, ist der Begegnung mit Erikas Freundin zu verdanken, einer jungen Frau, deren engelhafte Erscheinung und aufregende Vergangenheit in Carson sogleich eine ungestüme, von Sehnsucht und kindlicher Bewunderung geprägte Leidenschaft auslösten.

> »Während wir diskutierten, betrat eine Unbekannte Erikas Zimmer. Sie hatte ein Gesicht, von dem ich wusste, dass es mich bis ans Ende meines Lebens verfolgen würde, schön, blond, mit geradem kurzem Haar. Ihr Gesicht hatte einen leidenden Ausdruck, den ich nicht definieren konnte. Wie sie so körperlich strahlte, konnte ich nur an [Myshkins] Treffen mit [Nastasya Filippovna] in *Der Idiot* denken, in dem er ›Schrecken, Mitleid und Liebe‹ empfand.«[15]

Die Unbekannte war Annemarie Schwarzenbach. Die mit einem französischen Diplomaten verheiratete Schweizer Reiseschriftstellerin war vor kurzem nach Amerika gereist, um mit Erika Mann über den Verkauf von Fotos an das *National Geographic Magazine* und *Life* zu verhandeln, die sie von ihrer Afghanistan-Reise mit der Genfer Ethnologin Ella Maillart zurück gebracht hatte. Der Verkauf von Fotos war zwar ein Vorwand für diese Reise nach Übersee gewesen, aber zusätzlich ein willkommener Grund, ihre alte Freundschaft mit den Geschwistern Mann nach einer mehrjährigen, von Annemarie buchstäblich durchlittenen Trennung wieder aufzufrischen.

Am 3. Mai 1940 in Lissabon eingeschifft, war sie keine drei Wochen später in den USA eingetroffen, denn bereits am 22. Mai saß sie in Princeton bei Thomas Mann und seiner Familie zu Tisch, wie aus dessen Tagebuch hervorgeht.[16]

Carson lernte Annemarie zu einem Zeitpunkt kennen, als diese in schlimmster körperlicher und psychischer Verfassung war, und daraus lässt sich wohl auch die Skala der Gefühle verstehen, die Carson beim Anblick der Unbekannten übermannten. Schrecken, Mitleid und Liebe, das waren in verschiedenen, fluktuierenden Mischungen auch genau die Gefühle, welche Klaus und Erika jetzt für die kraftlose, ausgezehrte Freundin empfanden. Dass sie selbst übrigens für Annemaries Unglück eine gewisse Verantwortung trugen, schienen sie beide noch immer tunlichst übersehen zu wollen.

Klaus Mann hatte Vorahnungen, was die momentane Befindlichkeit Miros oder des »Schweizerkinds« betraf, wie er Annemarie liebevoll, aber nicht ohne Abschätzigkeit nannte. Im Februar hatte er sich über die Nachricht ihrer Rückkehr aus Asien gefreut und ihre Anhänglichkeit, die sie in langen Briefen an ihn bekundete, mit einer gewissen Rührung zur Kenntnis genommen. Aber er fragte sich nicht ohne Sorge, in welchem Zustand er sie nun vorfinden werde.[17] Schließlich konnte er nicht vergessen, dass er die Freundin vor neun Jahren in Berlin mit der höllischen Welt der Drogen bekannt gemacht hatte.[18] Wie er selbst, hatte Annemarie ihre Sucht längst nicht mehr im Griff, aber im Gegensatz zu ihm lähmte sie das Morphium und ihr Schreiben litt, was wiederum in einem unentrinnbaren Teufelskreis ihr Selbstwertgefühl untergrub: Annemarie war das Schreiben seit früher Kindheit die Bestätigung ihres Lebens schlechthin, »eine ganz irrationale Bestätigung«,[19] wie sie am Anfang ihrer Freundschaft mit Erika in einem Brief an sie erklärte:

> »Begreifst Du es, E-Liebling, dass die *Möglichkeit* zu arbeiten zugleich Ernst, Würde und Glück des Daseins garantiert? Dass man eine gute Seite schreibt, hat doch keinen ersichtlichen Zusammenhang mit Streit, Sorgen und Irrsinn und bietet gar keinen Trost: Aber wenn man sie geschrieben hat, ist man getröstet und geht eitel-erhoben seines Weges. Man hat diesen Trost, das ist wahrhaftig ein Wunder, oder etwa nicht!«[20]

Ella Maillart, die Annemarie vor der gemeinsamen Afghanistan-Reise im bündnerischen Sils einmal beim Schreiben beobachtet hatte, erkannte richtig: »Schreiben war der Gottesdienst ihres Lebens. Es beherrschte sie ganz und gar.«[21]

Klaus Manns Befürchtungen bewahrheiteten sich leider; die strapaziöse Autoreise nach Afghanistan des vergangenen Jahres, während der Ella Maillart vergeblich versucht hatte, Annemarie von ihrer langjährigen Drogenabhängigkeit zu heilen, sowie die unerwiderte Liebe zu Erika, mit der sie sich nach einer langen Pause plötzlich wieder konfrontiert sah, stürzten Annemarie nach ihrer Ankunft in den USA sogleich in eine tiefe Krise. Sie versuchte, diese zu überspielen, indem sie sich an Erikas Seite beim *Emergency Rescue Committee* zur Rettung bedrohter Antifaschisten engagierte und für verschiedene Schweizer Zeitungen Artikel über den *American Way of Life* verfasste. Aber da zehrte auch noch eine stürmische Liebschaft an ihrer Substanz, in die sie vor ein paar Jahren mehr aus Schwäche als aus Überzeugung geschlittert war: Margot von Opel, die Gattin des Automobilmagnaten, war eine verwöhnte und possessive Frau, die Annemarie mit ihren Kaprizen voll in Beschlag nahm. Im gemeinsam gemieteten Haus auf Nantucket Island herrschte jedenfalls alles andere als Ruhe und Frieden zum Arbeiten, so dass Annemarie wieder einmal hautnah fühlte, in welch verfahrene Lebenssituation sie sich hineinmanövriert hatte.

Annemarie Schwarzenbach blieb trotz ihrer unkonventionellen, ja schillernden Biografie bis zum frühen Tod ein glückloser Mensch, oder mit Erikas Worten: ein »störrischer Unglücksengel«.[22] Dabei waren ihr die denkbar besten Voraussetzungen in die Wiege gelegt worden, um in der Schweiz das sorglose Leben einer Tochter aus gutem Hause zu führen. Eine solche wollte sie jedoch auf keinen Fall werden, und im Laufe ihres Lebens tat sie dann ungefähr alles, um dieses Image zu umgehen. Bereits mit siebenundzwanzig Jahren hatte sie offenbar erkannt, dass sie sich selbst im Weg stand, um das angestrebte Glück, sei es in Form von innerem Frieden oder von sozialer Integration und erfüllenden Bindungen, für sich zu finden. Sie wähnte sich nicht geschaffen dafür, davon zeugen viele aufschlussreiche Passagen in ihren Texten, so etwa in der Erstfassung ihres Romans über die zweite Persienreise im Jahre 1935, in der sie das ferne Lahr-Tal als den Ort lobt, an dem das Glück wenigstens denkbar gewesen wäre:

> »– ich habe irgend etwas, ganz am Anfang, falsch gemacht. Aber nicht ich war es, sondern das Leben. Alle Wege, welche ich auch ging, welchen ich auch entging, endeten hier, in diesem glücklichen Tal.«[23]

Ob sie selbst oder das Leben etwas falsch gemacht hatte, darüber legte sich Annemarie nie ganz klare Rechenschaft ab. Tatsache ist, dass sie mit ihrer scharfen Intelligenz, ihrem kompromisslos links ausgerichteten politischen Engagement und nicht zuletzt auch mit ihrer ambivalenten Schönheit überhaupt nicht in die Familie passte, in die sie hineingeboren wurde; diese Unangepasstheit steht am Ursprung ihres tief verwurzelten *mal de vivre*.

Annemarie kam am 25. Mai 1908 als drittes von fünf Kindern des Ehepaars Schwarzenbach in Zürich zur Welt, und als sie vier Jahre alt war, siedelte die Familie in das schlossähnliche Gut Bocken in Horgen oberhalb des Zürichsees um. Mit seinem weitläufigen Park und den verschiedenen Nebengebäuden bot ihr Bocken die Kulisse zu einer später immer wieder nostalgisch betrauerten und gewiss auch idealisierten Kindheit. Dabei galt ihre Nostalgie eher dem Ort und der Seelandschaft und, bis zum Erwachen ihrer politischen Verantwortung in den Dreißigerjahren, auch dem gehobenen Lebensstil und nur sehr indirekt den Eltern, die aufgrund ihrer Herkunft und politischen Gesinnung der rebellischen Tochter kaum je Verständnis entgegenbrachten. Ihr Vater Alfred Emil Schwarzenbach besaß im Zürcherischen Thalwil Seidenwebereien, dank denen er Anfang des Jahrhunderts zu einem der reichsten Industriellen der Schweiz avanciert war; er war großzügig und scheute keine Ausgaben, um seinen fünf Kindern mit einer Eliteausbildung den besten Start im Leben zu ermöglichen. Doch genau so wenig wie Alfred Schwarzenbach mit den schriftstellerischen Neigungen seiner Tochter und ihren späteren kommunistisch angehauchten Überzeugungen anfangen konnte, zeigte auch Annemarie nie die geringste Anteilnahme an den Geschäften ihres Vaters. Im Gegenteil: Die Fotoreportage, die sie beispielsweise 1936 für die *Basler National Zeitung* über die Zweigniederlassung Schwarzenbach in Altoona, New Jersey, und über die Misere der Arbeiter machte, liest sich wie eine Kritik am Vater als typischem Vertreter des kapitalistischen Ausbeutertums.

Das Verhältnis zur Mutter war nicht minder problematisch; Renée Schwarzenbach, geborene Wille, war als Tochter eines Schweizer Generals vom militärischen Milieu entsprechend geprägt. Sie übte eine dominierende Rolle in der Entwicklung ihrer Kinder aus, und die mütterliche Fürsorge war kaum Ausdruck selbstloser Zuneigung, sondern äußerte sich – und dies insbesondere bei der Lieblingstochter Annemarie – in Form eines ständigen Drucks zu standesgemäßem Verhalten. Selbst seit Jahren in eine mehr oder weniger geheime lesbische Beziehung zur Sängerin Emy Krüger verwickelt, wollte Renée Schwarzenbach Annemaries homoerotische Tendenzen im Keim ersticken. Sie selbst hatte sie jedoch beispielhaft vorgelebt und vielleicht auch geweckt. Zudem handelte sie im vollkommenen Widerspruch zu ihrer Angst, Annemarie könne

Annemarie mit ihrer Mutter Renée Schwarzenbach, Juni 1930

eines Tages wegen einer offen ausgelebten Beziehung zu einer Frau Schande über die Familie bringen, als sie die junge Tochter zum eigenen Vergnügen in Männerkleider steckte und fotografierte. Von der kleinen Annemarie sind Bilder überliefert, auf denen sie abwechselnd als Mamas Page Karl-Otto, als Matrose, Soldat oder Hirtenknabe posiert. Über vierzig Jahre nach Annemaries Tod erklärte sich ihre Schwester Susanne die seltsame Ambivalenz in der Mutter-Tochter-Beziehung damit, dass die Mutter schon als Kind immer gern ein Junge gewesen wäre und diesen Wunsch später auf jene Tochter übertragen habe, die ihr am nächsten stand und auch am ähnlichsten war.[24]

Annemarie legte die von der Mutter spielerisch anerzogene Jungenallüre nicht mehr ab. Sie trug das Haar immer kurz, kleidete sich modisch männlich und eignete sich auch früh das undamenhafte Rauchen und das Trinken starker alkoholischer Getränke in der Öffentlichkeit an. Auch im Sport gefiel es ihr, die Grenzen weiblicher Zurückhaltung zu sprengen, sie schwamm und fuhr wie ein Haudegen Ski und Auto. Dieses durch und durch männliche Draufgängertum passte zu ihrer Erscheinung. Schmalgliedrig, knabenhaft, jünglingshaft sind die Bezeichnungen, die in den Zeugnissen ihrer Zeitgenossen immer wiederkehren, und leitmotivisch werden auch der ernste, melancholische Blick sowie die betörende geschlechtliche Ambivalenz genannt, mit der sie die Menschen in ihren Bann zog. Klaus Mann verewigte sie als Johanna in seinem Roman *Flucht in den Norden* folgendermaßen:

»Sie rannte wie ein Junge, der endlich, endlich aus der Schule darf. Ihr Haar, das ihr jetzt in die Stirn wehte, war geschnitten wie das Haar eines Jungen. Man hätte

> sie, aus einiger Entfernung, für einen Gymnasiasten halten können.«[25]

Ähnlich hat sie Ella Maillart erlebt:

> »Die Anmut ihres zarten Körpers, die blassen Schläfen, die die Nachdenklichkeit ihres Gesichts betonten, wirkten ungemein stark auf jene, die von der tragischen Größe der Androgynie angezogen werden«.[26]

Dem französischen Autor und Nobelpreisträger Roger Martin du Gard stach weniger Annemaries Androgynie ins Auge als die hoffnungslose Grundstimmung, mit welcher er sie durchs Leben gehen sah, schenkt man der Widmung Glauben, die er Annemarie einmal in ein Buch geschrieben haben soll: »Für Annemarie – zum Dank, dass sie ihr schönes Gesicht eines untröstlichen Engels auf dieser Erde spazieren führt«.[27]

Annemarie war nicht nur von ihrer Erscheinung her ein außergewöhnliches Mädchen, sondern auch intellektuell und künstlerisch hochbegabt. Sie spielte leidenschaftlich gern Klavier und erlangte darin früh eine Meisterhaftigkeit, welche die Eltern mit Stolz erfüllte. Sie sahen in ihr ein Wunderkind und förderten sie nach bestem Vermögen, auch in ihren schulischen Leistungen. Annemarie besuchte in Zürich eine Privatschule und absolvierte die letzten zwei Schuljahre im Töchterinstitut von Fetan in Graubünden, worauf sie in Zürich und Paris Geschichte studierte und bereits 1930, mit dreiundzwanzig Jahren, die Doktorwürde erlangte. Eine große Zukunft als Publizistin und Historikerin zeichnete sich in diesem Jahr für sie ab, alle Türen standen ihr offen, sogar die Schriftstellerkarriere, die sie insgeheim als die Erfüllung ihrer wahren inneren Bestimmung betrachtete, schien sich zu verwirklichen;

zeitgleich mit der Erlangung ihres akademischen Titels veröffentlichte Annemarie nämlich in einem Wiener Verlag ihren ersten Roman *Freunde um Bernhard,* in dem sie die neue, überwältigende Bekanntschaft mit den Geschwistern Klaus und Erika Mann dichterisch verarbeitet hatte.

Diese Bekanntschaft markierte einen Wendepunkt in Annemaries Leben, lenkte es in eine Bahn, die bei aller Bereicherung, welche Annemarie in den folgenden Jahren durch die beiden Mann-Kinder erfahren durfte, leider auch eine systematische Destabilisierung ihrer Persönlichkeit mit sich führte. Sie selbst hatte offenbar die Bekanntschaft erzwungen, auf der Suche nach literarischen und intellektuellen Impulsen, die ihr das Elternhaus nicht geben konnten. Im Gegenteil fühlte sich Annemarie zu Hause künstlerisch sogar bedroht mit einer Mutter, die ihr schrieb: »Und Dank, dass du nicht mehr *schreibst.* Bleibe bei dem Entschluss. Du sollst *gesund* sein.«[28] Kein Wunder also, dass Annemarie mit ihren schriftstellerischen Ambitionen außer Haus nach Gleichgesinnten Ausschau zu halten begann. Dass ihre Wahl auf Erika und Klaus Mann fiel, ist im Nachhinein als mindestens problematisch und in psychologischer Hinsicht gar als unglücklich zu bezeichnen.

Erika schilderte der Zürcher Stadtpolizei die Umstände ihrer Bekanntschaft mit Annemarie ein paar Jahre später anlässlich der politischen Krawalle, die ihr literarisches Kabarett *Pfeffermühle* im Herbst 1933 ausgelöst hatten, folgendermaßen:

> »Annemarie Schwarzenbach, die ich früher nicht kannte, schrieb mir eines Tages, vor ungefähr drei oder vier Jahren mag das gewesen sein, dass sie mich kennen lernen möchte. Sie kam dann nach München und

besuchte mich. Sie wollte Schriftstellerin werden und legte Wert darauf, meinen Bruder Klaus und mich über unsere und ihre schriftlichen Arbeiten zu sprechen. Daher verkehrte sie im Haus meiner Eltern Thomas und Katharina Mann.«[29]

Es gibt keinen Grund, Erikas Erinnerungen anzuzweifeln, zumal sie bereits erkennen lassen, was sich in den folgenden Jahren als festes Verhaltensmuster zwischen den beiden Frauen etablieren sollte: Annemarie war diejenige, die die Nähe zu Erika suchte, sie war es, die um ihre Freundschaft warb und mit der Zeit ein geradezu obsessives Bedürfnis entwickelte, von ihr geliebt und als Ebenbürtige anerkannt zu werden, während Erika, fast schon süffisant, die Gefühle der Schweizerin duldete, nie aber zu fördern oder gar zu erwidern dachte. In Annemaries Augen vereinte Erika die Eigenschaften und Talente, die sie selbst zu entbehren meinte: Genialität, Zivilcourage und Durchsetzungsvermögen sowie klare politische und künstlerische Visionen. In jenem Herbst 1933, als Erika mit dem Bruder Klaus, dem Musiker Henning und der Schauspielerin Therese Giehse das Zürcher Publikum mit ihrem antifaschistischen Satireprogramm spaltete und es auf den Straßen zu schweren Ausschreitungen kam, war Erikas Ruf als wortgewaltige Opponentin des aufkommenden Nationalsozialismus in Mitteleuropa bereits etabliert und Annemarie im Begriff, sich gesinnungsmäßig ganz auf ihre Seite zu schlagen. So sehr Erika von Annemarie geliebt und bewundert wurde, so leidenschaftlich wurde sie nun von deren Mutter Renée Schwarzenbach gehasst, auf deren Schreibtisch, so erzählte Erika Mann der Polizei empört, sogar ein Porträt von Hitler aufgestellt sei. Die Familie Schwarzenbach sympathisierte in der Tat offen mit Hitler und Mutter Renée war überzeugt, dass Erika ihrer Tochter den Kopf verdreht und sie sowohl auf politische als auch moralische Abwege geführt habe. Erika wehrte sich entschieden gegen Renées Anschuldigungen, wonach »sogar erotische Bindungen zwischen Annemarie und mir bestünden, eine Behauptung, die ich zurückweisen muss«.[30]

Im Gegensatz zu Annemarie scheint Erika die Bekanntschaft mehr geduldet als gefördert zu haben; an einer wahren Vertiefung der Beziehung lag ihr wegen der offenkundigen Labilität der Schweizerin jedenfalls wenig, ganz entgegen Klaus' Diagnose, wonach Erika im Unterschied zu ihm selbst eine ausgeprägte Retternatur sei:

> »Ich sammelte mich um alle die, so nach sündigen und bunten Scherzen gierig waren; Erika aber tröstete die Problematischen, die Aufgewühlten, die ganz Verwirrten.«[31]

Gern ließ sie sich Annemaries Huldigungen und Liebesbeteuerungen gefallen, doch wenn es darum ging, sie zu stützen oder in ihrer literarischen Arbeit zu ermutigen, fand sie immer wieder ausgeklügelte und elegante Manieren, sich zu drücken. Wohl hielt sie auch nicht viel von Annemaries Prosa, die ihr zu lyrisch und abgehoben von der Realität daherkam. Ihre eigenen Texte beschäftigten sich mit der politischen und sozialen Aktualität Europas, ihr Schreibtalent nutzte Erika in jenen turbulenten Jahren zur scharfen Attacke gegen den aufkommenden Nationalsozialismus und nicht, wie Annemarie es tat, zur Ausleuchtung der inneren Befindlichkeit. Die moderne Schriftstellerin hatte in Erikas Augen eine präzise Aufgabe in der Gesellschaft zu erfüllen, die über die eigenen Interessen hinausging.

> »Seit kurzem gibt es einen neuen Typus Schriftstellerin, der mir für den Augenblick der aussichtsreichste scheint: Die Frau, die Reportage macht, in Aufsätzen, Theaterstücken, Romanen. Sie bekennt nicht, sie schreibt sich nicht die Seele aus dem Leib, ihr eigenes Schicksal steht still beiseite, die Frau berichtet, anstatt zu beichten. Sie kennt die Welt, sie weiß Bescheid, sie hat Humor und Klugheit, und sie hat die Kraft, sich auszuschalten, fast ist es, als übersetze sie: das Leben in die Literatur, in keine ungemein hohe Literatur, aber doch in eine brauchbare, anständige, oftmals liebenswerte.«[32]

Dieser Textauszug von 1931 liest sich wie eine gezielte Kritik an Annemaries Schreiben und zeigt deutlich Erikas Verurteilung von schöngeistigem Getue in einer Zeit, die von jedem einzelnen Bürger eine verantwortungsvolle politische Positionierung forderte.

Erika war ein Mensch des Handelns und der mutigen Entschlusskraft und als solcher konnte sie wenig Geduld für Annemaries Hang zur grübelnden Introspektion aufbringen. Sie wollte Taten sehen und in ihren Augen war die Schweizerin zu schwach dafür. Auch Annemarie zweifelte an sich, aber was hätte sie nicht alles versucht, um sich Erikas Achtung zu verdienen?

Zu diesem Zeitpunkt waren die Konflikte mit den Eltern, vor allem mit der Mutter, längst offen ausgebrochen. Sie hatten jene innere Rastlosigkeit und Tendenz zu Exzessen ausgelöst – teils aus Trotz –, durch die sich Annemarie in eine Spirale fortschreitender Selbstzerstörung immer mehr von ihrem bürgerlichen Milieu entfremden sollte. Erste Liebesaffären mit Frauen sorgten für Skandale in der Familie, doch war es vor allem ihre Freundschaft mit den Geschwistern Mann, die bei Alfred und Renée Schwarzenbach auf Ablehnung stieß.

Im September 1931 rang sie sich schließlich doch zur Entscheidung durch, den neuen Freunden nach Berlin zu folgen und damit den Bruch mit der Familie zu vollziehen, die so wenig Einfühlungsvermögen für ihre unkonventionelle Persönlichkeit und schriftstellerischen Ambitionen bekundet hatte.

Berlin bedeutete Annemarie fürs Erste die Befreiung von der erstickenden Atmosphäre des Elternhauses und das Ausleben ihrer allzu lang vor der Mutter verborgen gehaltenen lesbischen Natur. Der neue bohèmehafte Lebensstil, den ihr Klaus und Erika vorlebten, sowie die Bekanntschaft mit interessanten Frauen, wie etwa der Rennfahrerin Maud Thyssen, der Journalistin Ruth Landshoff-Yorck und der Fotografin Marianne Breslauer, bestärkten sie in ihrem Entschluss, sich von den bürgerlichen Konventionen zu lösen, um sich schriftstellerisch zu verwirklichen. Mit Marianne Breslauer unternahm sie 1933 eine Reise durch Spanien und lernte durch sie die Vorzüge der Fotografie als Ergänzung zu Reportagen kennen; vier Jahre später sollte sie diese Kunst anlässlich einer Reise durch die amerikanischen Südstaaten mit großer Sensibilität für die bildliche Aussagekraft selbst praktizieren.

Sehr bald nach ihrer Ankunft in Berlin realisierte Annemarie jedoch, dass die Geschwister Mann sie an ihrer Seite eigentlich bloß gutmütig duldeten und nicht gewillt waren, ihr die Zuneigung und Geborgenheit zu schenken, die sie seit der Loslösung von der Mutter bei ihnen suchte. Für Klaus empfand sie bis zu ihrem Tod eine innige kum-

Annemarie vor der Abfahrt nach Berlin, September 1931

pelhafte Freundschaft, sie fühlte sich von ihm verstanden und unterstützte ihn hin und wieder finanziell für seine verschiedenen Zeitschriftenprojekte; über die Jahre blieb sie in regelmäßigem brieflichem Kontakt mit ihm.[33] Ihre intensivsten Gefühle galten indessen seiner Schwester Erika. Auf sie übertrug Annemarie ihre ganze Liebesbedürftigkeit und Anhänglichkeit, so sehr, dass sie Erika bald lästig wurde und diese höflich, aber entschieden auf Distanz ging. Die Briefe, die Annemarie in den Dreißigerjahren an Erika schrieb und bezeichnenderweise oft mit »Dein Kind A.« signierte, zeigen deutlich, wie einseitig sich ihre Liebe entfaltete und wie schmerzlich die Einsicht für Annemarie war, dass sie Erika niemals so viel bedeuten würde wie die abgöttisch geliebte Freundin ihr. Es ist gewiss nicht übertrieben, aus ihren Briefen eine Verfallenheit herauszulesen, die zeitweise bis zur Unterwürfigkeit, ja Selbsterniedrigung reichte, wenn sie beispielsweise im Dezember 1931 an Erika schreibt:

> »Warum, Liebling E., hast Du so viel Verdruss, der Dir gar nicht zusteht? Lässt sich dagegen gar nichts finden? Ich käme mir gern für Dich weniger unnütz und überflüssig vor, und gerade bei Dir bin ich es so ausgesprochen!«[34]

Klaus und Erika ließen sich Annemaries Bewunderung gefallen, und wenn sie auch mit einer gewissen Überheblichkeit über deren literarische Texte urteilten und passiv beobachteten, wie der Drogen- und Alkoholkonsum und allerlei unglückliche Liebschaften die Freundin immer mehr zugrunde richteten, so scheuten sie sich nie, von den materiellen Vorteilen zu profitieren, die ihnen die Freundschaft mit der reichen Industriellentochter einbrachten.

Annemarie mit Erika und Klaus Mann, Sils 1936

Neben direkten finanziellen Unterstützungen stellte ihnen Annemarie auch ihr Haus im Bündnerdorf Sils für längere Ferienaufenthalte zur Verfügung, das sie ab 1934, ein Jahr nachdem sie Berlin verlassen hatte, als Ort des Rückzugs und der Zuflucht für sich mietete.

Trotz unterschwelliger Spannungen in diesem Trio kannten die Freunde aber auch unbeschwerte Zeiten, in denen sie gemeinsam auf Reisen gingen, 1932 etwa nach Venedig und ein Jahr später nach Südfrankreich. 1934 nahmen Klaus und Annemarie am Schriftstellerkongress in Moskau teil, nachdem Annemarie auf eigene Faust ihre erste halbjährige Autoreise durch Vorderasien bewältigt hatte. Aleppo, Beirut, Jerusalem, Bagdad, Teheran und Baku waren die Stationen dieser entscheidenden Initiation in die asiatische Welt gewesen; von da an wurde ihr das ständige Unterwegssein als Existenzform unentbehrlich. Nie ankommen, sondern immer in einer Art Provisorium neue Landschaften und Menschen erkunden, im Wissen, dass das Kennenlernen bereits den Kern des Abschieds in sich birgt; nur so war das Leben einigermaßen erträglich.

Mit Ausnahme ihrer letzten Reise in den Kongo, wo sie 1941 über ein Jahr ausharrte, konnte Annemarie von nun an nicht mehr länger an einem Ort bleiben, sich nirgends mehr richtig heimisch fühlen, geschweige denn Fuß fassen. Immer wieder flüchtete sie von einem Land zum nächsten, von West nach Ost, weg von hoffnungslos verworrenen Bindungen, von Enttäuschungen und letztlich von sich selbst und ihrer Abhängigkeit von einer Mutter, die ihre Persönlichkeit nicht akzeptieren wollte. Doch zum Glück gab es Sils. Mitten in der großartigen Bündner Bergwelt konnte sich Annemarie sporadisch von den Reisestrapazen und psychischen Zusammenbrüchen erholen.

Anlässlich ihrer zweiten Asienreise im Herbst 1934 lernte Annemarie in Teheran den französischen Diplomaten Claude Clarac kennen, den sie aus ihr selbst nicht ganz einsichtigen Gründen im Mai des folgenden Jahres heiratete. Erika, so hatte sie sich schließlich resigniert eingestehen müssen, wollte nichts mehr von ihr wissen und die Aussichten auf ein erfülltes Leben schienen somit hoffnungslos kompromittiert. Clarac war immerhin ein feinfühliger und intelligenter Mensch, der ihr Sicherheit und Geborgenheit bieten würde. Allein die paar Monate in der persischen Hauptstadt, in denen sie nach bestem Vermögen die Rolle der perfekten Diplomatengattin zu spielen versuchte, ließen sie die Sinnlosigkeit ihrer Geste erkennen. Sie war nicht geschaffen für Gartenpartys und feudale Dinners. Eleganten Abendkleidern zog sie den burschikosen Garçonne-Stil vor und dem Swimmingpool des Botschaftsareals einen Bach, der sich durch ödes Geröll schlängelte. Mit diesen Präferenzen konnte sie in der versnobten Diplomatenwelt weder auf Verständnis noch Anteilnahme zählen, und sie fühlte sich, von der Bekanntschaft mit Erika geprägt, unfähig, sich an den neuen Lebensstil zu gewöhnen. So erzählt sie Klaus aus ihrem goldenen Käfig in Teheran:

> »Mir erscheinen, beispielsweise, fast alle üblichen Beziehungen zwischen den Leuten, auch hier wieder, so durchaus oberflächlich und ungenügend, dass ich nicht begreifen kann, von was die Leute leben mögen. Und ihre Einstellungen und Urteile gegenüber allgemein moralischen, ethischen Erscheinungen kommen mir, wenn nicht immer *falsch*, so doch kühl und ohne Konsequenzen vor, sowohl auf dem politischen Felde wie gegenüber einzelnen Leuten, von denen man etwa Abscheulichkeiten weiß ohne darüber irgendwelche ernste Entrüstung zu zeigen. (...) Dass ich aber, selbst wenn das Leben geregelt, die Umstände angenehm und alles im besten Ablauf sich befindet – dass ich dann erst an das ›Eigentliche‹ denke – das ist Erikas Schule.«[35]

Schon bald war Annemarie klar, dass sie mit ihrer Heirat einen Fehler begangen hatte und sich von Clarac trennen musste, wenn sie sich endgültig von ihrer Verzweiflung befreien wollte, die sie mit Alkohol und Drogen kaum mehr

Annemarie und Claude Clarac-Schwarzenbach, 1935

zu überspielen vermochte. Was sie in jenem Sommer 1935 vor dem Suizid rettete, war wieder einmal die Rückbesinnung aufs Schreiben, die direkte Umsetzung ihrer Malaise in Prosa. Sie schrieb Erzählungen und den Roman *Tod in Persien,* der später in überarbeiteter Form als *Das glückliche Tal* publiziert wurde.

Schon im November desselben Jahres war Annemarie, inoffiziell von Clarac getrennt, zurück in der Schweiz. In Prangins unterzog sie sich einer Entziehungskur, die sie einstweilig von den Drogen befreite, nicht aber von der unerfüllten Sehnsucht nach Erika, der sie nun monatelang kreuz und quer durch Europa nachreiste. Erika verhielt sich wie immer zurückhaltend, doch fand Annemarie wenigstens in deren Bruder einen zugänglichen Freund, dank dem die Beziehung zu Erika nicht ganz abbrach. Annemarie reiste mit Klaus und der amerikanischen Freundin Barbara Hamilton-Wright in die USA und verfasste kritische soziopolitische Reportagen über das Leben der Schwarzen in den Südstaaten, erstmals selbst Fotografien liefernd, welche die Texte aussagestark ergänzten.

Die Nähe zu Klaus, mit dem sie »ohne jeden Zweifel und ohne Schwierigkeit und wie gern«[36] zu leben vermochte, war indessen gefährlich. In seiner Gegenwart waren die Drogen stets griffbereit, und so dauerte es nicht lange, bis Annemarie ihrer Sucht wieder vollkommen ausgeliefert war. Es folgten im Frühjahr, Sommer und Spätherbst drei Entziehungskuren nacheinander und Anfang Juni 1939, kurz vor Ausbruch des Zweiten Weltkriegs, die berühmte Reise nach Afghanistan mit Ella Maillart, die, statt Annemarie von den Drogen und Depressionen zu heilen, in Kabul ein frühzeitiges Ende nahm. Ella Maillart erkannte, dass sie in ihrem Versuch, die Freundin zu retten, gescheitert war:

> »Zu meinem größten Kummer entdeckte ich, dass ihre übliche Ruhe nur eine Fassade war, die eine große Nervosität verbarg.«[37]

Annemarie hatte während der Reise jedoch nicht nur ihre innersten Regungen vor Ella geheim gehalten, sondern auch die Tatsache, dass sie sich trotz der vielen Entziehungskuren von der Droge nie losgesagt hatte. Als Ella Maillart der Freundin schließlich auf die Schliche kam, trennte sie sich in Kabul von ihr und reiste allein nach Indien weiter, während Annemarie sich noch eine Weile in Afghanistan aufhielt, bevor sie nach Bombay fuhr, um von dort mit dem Schiff zurück in die Schweiz zu gelangen. Dort war inzwischen ihr Roman *Das glückliche Tal* erschienen, aber der Erfolg bot ihr keinen Trost: Krank an Seele und Körper, über den Krieg in Europa zutiefst erschüttert und von ihrer Liebe zu Erika noch immer nicht geheilt, kehrte Annemarie im Mai 1940 Europa den Rücken und schiffte sich nach Amerika ein. Sie wollte, sagte sie, in New York als Berichterstatterin für Schweizer Zeitungen arbeiten, in Wirklichkeit suchte sie nur wieder die Nähe zu Erika.

Die Begegnung

An jenem Junimorgen im Bedford Hotel brauchte es bei Carson nach dem ersten Blick auf das Gesicht »eines untröstlichen Engels« nur ein Gespräch, um ihre schlagartige Faszination in Leidenschaft zu verwandeln. Erika Mann stellte ihr die Freundin als »Madame Clarac« vor, doch Annemarie bestand von Anfang an darauf, mit ihrem Vornamen angesprochen zu werden, und schlug vor, sich anderntags alleine zu treffen.

Zwischen der ersten Begegnung und diesem Treffen hatte Carson Annemarie jedoch bereits einen Brief geschrieben,[38] den Annemarie stellenweise wörtlich in ihrem Artikel über Carson McCullers zitierte, den sie im Juni für die *Basler National Zeitung* schrieb.[39] Und an Klaus Mann, der gerade mit Erika in Kalifornien weilte, schrieb sie am 21. Juni aus Lowell, Massachusetts:

> »Die Aufsätze, die ich während der letzten Tage schrieb, sind mäßig, bis auf einen vielleicht hübschen über Carson McCullers (die mir einen reizenden Brief schrieb, ihr Buch ist aber doch in Grenzen nur gut zu nennen) (…).«[40]

Annemarie las den Brief beim Morgenspaziergang entlang des Hudson Rivers, erleichtert, wie sie erzählt, einmal nichts über den Krieg in Europa oder die bevorstehende Begegnung von Hitler und Mussolini und dergleichen belastende Dinge zu hören, sondern Persönliches von einem »nachdenklichen, zugleich frühreifen und erfahrenen, aber auch kindlich versponnenen Mädchen«.[41]

Das vereinbarte Treffen fand in der Bar des kleinen Hotels statt, in dem Annemarie abgestiegen war. Carson war nervös und fühlte sich vom Vorabend noch unsicher; sie glaubte, in Annemarie und ihren Freunden Missfallen erregt zu haben.

> »Sie kommen aus Europa, die meisten von Ihnen sind Flüchtlinge, Emigranten, Juden. Sie werfen mir vor, dass ich Amerikanerin bin, und glauben, dass ich Sie nicht verstehen kann. Aber ich bin extra gekommen, um Ihnen zu sagen, dass ich Sie verstehe. Ich bin mein Leben lang gejagt worden, musste mein Leben lang um jede Note Musik kämpfen, die ich schreiben wollte, denn ich wollte Musikerin werden, ich weiß auch gar nicht, ob ich Schriftstellerin bin, und ich habe immer unter gejagten, gequälten, heimatlosen Menschen gelebt.«[42]

Das waren, in Form einer Selbstverteidigung gekleidet, gewichtige Vorwürfe, die Annemarie sogleich von sich wies. Sie machte geltend, dass sie als Schweizerin letztlich ebenso wenigen Verfolgungen ausgesetzt gewesen sei wie sie. Carson ließ sich offenbar leicht beschwichtigen, denn ihren Memoiren zufolge waren die beiden bis zum nächsten Morgen zusammen in New York unterwegs, voneinander begeistert und erstaunt, trotz unterschiedlicher Herkunft und charakterlicher Veranlagung so viele Parallelen in ihren Lebensläufen zu entdecken. »Wir wurden sofort Freundinnen«, schreibt Carson,[43] und benutzt hier das Wort »Freundin« im Bewusstsein, dass für sie keine Grenzen zur Besitz ergreifenden, alles übrige ausschließenden Liebe existierte. Annemarie, so erkannte Carson sofort mit Kennerblick, war nach der neuesten Sommermode gekleidet, sie trug nicht etwa einen Anzug aus dem nächsten

Kaufhaus, sondern Kleidungsstücke, die direkt aus dem Atelier eines Pariser Modeschöpfers stammen mussten. Später erfuhr Carson, dass Annemarie wenig Geschmack am Einkaufen von Kleidern fand und diese eher lästige Aufgabe gern ihrer damaligen Geliebten Margot von Opel überließ. Aber wie sie selbst, schien auch Annemarie männliche Kleider vorzuziehen, und dieses Detail war in Carsons Augen sehr bedeutungsvoll, zumal sie sich in der Schulzeit ihres unweiblichen Stils wegen immer wieder höhnische Kommentare hatte gefallen lassen müssen.

Anlässlich dieses ersten Zusammenseins erzählten die beiden Frauen einander ausführlich ihr Leben, und Annemarie scheint das ihre wirkungsvoll dramatisiert zu haben, es sei denn, Carsons Erinnerungen hätten mit den Jahren die Fakten ausgeschmückt. Annemarie erzählte, dass ihre Mutter ihr mit siebzehn Jahren an den Kopf geworfen habe, Drogensüchtige, Kommunistin und Lesbierin zu sein – drei Dinge, die sie in der Tat auch war und vor Carson nie verbarg. Carson machte große Augen, denn mit Drogen war sie in ihrem Leben nie in Berührung gekommen. Obwohl sie mit dreiundzwanzig Jahren bereits auf dem besten Weg war, sich zur Alkoholikerin zu entwickeln, konnte sie sich unter Drogen und ihrer Wirkung nichts vorstellen und wollte nicht verstehen, warum Annemarie sie so inständig davor warnte.

In jenem ersten Gespräch war auch viel von Renée Schwarzenbach die Rede, die, so ließ Annemarie Carson glauben, eine der reichsten Frauen der Schweiz sei. Möglicherweise war Annemarie darauf aus, die Mutter für die unglücklichen Wendungen in ihrem Leben verantwortlich zu machen und sich selbst als das Opfer einer schlimmen,

Annemarie mit ihrer Mutter Renée Schwarzenbach, 1932

lieblosen Erziehung darzustellen. So erfuhr Carson, dass Annemarie als Kind regelmäßig von der Mutter geschlagen worden war, dass diese auch den Vater so sehr dominierte, dass er zu Hause nichts zu sagen hatte und deshalb Annemarie keine Stütze bieten konnte. Wegen der Mutter sei Annemarie schließlich von zu Hause ausgerissen und habe in der vornehmen und berühmten deutschen Familie Mann neuen Anschluss gefunden.

»Zu Hause lebte sie in einem Schloss mit ihrer Mutter und einem schwachsinnigen Bruder, der kaum sprechen konnte. Das war ihr Umfeld«,[44] fasste Carson Annemaries Jugendkulisse zusammen. Das Schloss und die Alpen versetzten sie ins Träumen, sowie auch Annemaries Reiseschilderungen ihr bewunderndes Staunen abrangen. Allein mit dem Auto durch Syrien, Afghanistan, Ägypten und den ganzen mittleren Osten unterwegs: Das waren Heldentaten, die selbst Erikas Rallye durch Südeuropa in den Schatten stellten.

Noch bevor sie sich in jener Nacht trennten, wusste Carson, dass sie soeben die große Liebe ihres Lebens kennen gelernt hatte; sie war im wörtlichen Sinne außer sich vor Freude und Dankbarkeit, dass ausgerechnet sie, das Mädchen aus dem Süden, das nichts von der Welt gesehen, die Zuneigung dieser außergewöhnlichen Globetrotterin gewonnen hatte. Sie strahlte, und bei ihrer Rückkehr in die Wohnung beseelte sie eine derartig überbordende Euphorie, dass sie damit sogleich Reeves' Argwohn erweckte. Carson antwortete auf seine Fragen vorerst mit entwaffnender Natürlichkeit, doch als er die Sache am Ende auf den Punkt bringen und wissen wollte, ob sie sich in Annemarie verliebt habe, sagte sie nur ausweichend: »Ich weiß es nicht.«

Carson wusste es wohl. Noch benommen von dieser Begegnung, mochte es ihr zwar schwer fallen, in der Mischung von Liebe, Schrecken und Mitleid genau zu unterscheiden, welcher Art ihre Gefühle für Annemarie waren. Sie brauchte Zeit, um sich über die Gewichtung dieser verschiedenen Empfindungen Rechenschaft abzulegen, aber dass es sich um Liebe handelte, stand außer Zweifel. Die halbe Lüge entsprang der Furcht, Reeves zu verletzen, und tatsächlich reagierte dieser ungewohnt aggressiv; wie ein Panther, schreibt Carson, sei er auf sie losgegangen und habe sie mehrmals geohrfeigt. Reeves' Einschüchterungsversuche hinderten Carson jedoch nicht daran, sich anderntags mit Annemarie wieder zu treffen, diesmal zum Mittagessen, bevor Annemarie für ein paar Tage aus New York wegfuhr. Annemarie schreibt über diese Begegnung:

> »Ich trank Kaffee, sie bestellte ein Glas Milch und ein Butterbrot und ließ alles unberührt liegen. Als sie mir ihre Adresse aufschrieb, sah ich, dass ihre Hände zitterten und dass ihre Handschrift kaum leserlich war. Wenn ich redete, hielt sie das blasse Kindergesicht vorgeneigt und heftete den Blick ihrer großen, grauen Augen auf meine Lippen, als wäre sie schwerhörig. ›Die Herren vom Verlag sind sehr nett zu mir‹, erzählte sie. ›Als mein Mann und ich hier ankamen, wurde uns unser ganzes Geld aus der Handtasche gestohlen. Aber der Verlag gibt mir genug, damit wir hier leben können, und mein Mann wird sicher bald eine Stellung finden.‹«[45]

Letzteres war sicher Wunschdenken, denn Reeves fühlte sich in diesen Tagen emotionaler Wirrungen nach seiner ersten impulsiven Reaktion vollkommenen ratlos und niedergeschmettert. Er kannte Carson inzwischen gut genug, um mit ihrer Tendenz, sich von Menschen den Kopf verdrehen zu lassen, einigermaßen umgehen zu können. Bis jetzt, dachte er, hatte ihre Vernunft doch immer gesiegt. Er klammerte sich auch dieses Mal an die Zuversicht, dass sich Carsons überschwängliche Gefühle für Annemarie – und bis zu einem gewissen Grad auch für Erika – bald wie nach einem Sturm legen würden. Aber diesmal hatte er sich getäuscht, der Sturm legte sich nicht. Im Gegenteil: Carson verbrachte jede freie Minute mit den beiden Frauen, blieb Abend für Abend bis spät in der Nacht in der Suite der Manns und hatte gar die rührende Idee, im *Emergency Rescue Committee* mitzuhelfen, bloß weil sie ihnen nahe sein wollte, sie, die weder die nötige Erfahrung noch praktische Veranlagungen hatte, um im Kontext schwieriger Rettungsaktionen von irgendwelchem Nutzen zu sein.

Carson McCullers, 1946

Verstrickungen

Allmählich begann Reeves zu ahnen, dass Carson die Grenze der Verblendung überschritten und mit beiden Frauen gleichzeitig eine Affäre angezettelt hatte. Solange sie nur wie ein Teenager schwärmte, wollte er gern ein Auge zudrücken, doch die Vorstellung, dass zwischen Carson, Annemarie und Erika mehr als nur platonische Gefühle im Spiel waren, trieben ihn zu stiller Verzweiflung. Er bangte um seine Ehe und musste sich beherrschen, nicht mit einem Gewaltakt einzugreifen.

Zwischen den drei Frauen war die Gefühlslage komplizierter, als Reeves es annehmen konnte. Annemarie, die Rätselhafte, untröstlich Traurige war es, die mit einer ungemütlichen Doppelrolle im Mittelpunkt dieser Dreierkonstellation stand und, aktiv und passiv zugleich, für eine spürbar spannungsgeladene Atmosphäre sorgte. Einerseits war sie die Liebende, die seit zehn Jahren vergeblich um Erika warb, anderseits war sie nun über Nacht, als hätte sie das Schicksal mit einem Spiegelbild konfrontiert, plötzlich selbst Objekt einer ähnlich irrationalen Leidenschaft geworden. Gewiss, die Rolle der Angebeteten war Annemarie nicht neu, seit ihrer Kindheit war sie gewohnt, überall Aufsehen zu erregen und Bewunderung zu ernten.

»Annemarie musste nicht einmal ihre Socken selber flicken. Ihre Freunde taten es für sie«,[46] sagte ihre Schwester Suzanne einmal, um die prinzessinnenhafte Allüre von Annemarie zu erklären.

Carsons Bewunderung war somit nichts Außergewöhnliches für Annemarie; doch da war zugleich auch etwas so Fragiles und Unverbrauchtes an dieser jungen, erfahrungshungrigen Frau, dass Annemarie, müde von ihrer unerwiderten Liebe zu Erika und jener allzu ruhelosen zu Margot, nicht umhin konnte, Carsons Gefühlen mit einer gewissen abwartenden Vorsicht zu begegnen. Gerade weil sie selbst seit Jahren Liebesqualen durchzustehen hatte, wollte sie Carson solches Leid ersparen und zögerte, sich auf eine neue Liebschaft einzulassen, die, wie sie voraussah, beide vollkommen vereinnahmen würde. Doch dies fiel ihr schwer, denn Carson entpuppte sich sehr bald als einer der seltenen Menschen, die sie nicht nur ihrer unergründlichen Erscheinung und Melancholie wegen vergötterten, sondern aus offensichtlicher Seelenverwandtschaft ihre Nähe suchte.

Die beiden Frauen hatten in der Tat vieles gemeinsam, allem voran ihre Leidenschaft für Literatur und Musik. In der Anfangszeit ihrer Bekanntschaft saßen sie oft zu viert – Carson, Annemarie, Erika und Klaus Mann – in der Suite der Geschwister Mann und diskutierten über Fragen der Kunst und ihrer Interpretation auf einem intellektuellen Niveau, das Carson aus ihrem bisherigen Leben nicht gekannt hatte. Annemarie konnte sich brüsten, dass bedeutende Musiker wie Johannes Brahms und Richard Wagner im Haus ihrer Großeltern ein und aus gegangen waren, und anlässlich einer Einladung Thomas Manns nach Princeton spielte sie eigens für Carson ein paar Musikstücke auf dem Klavier, worauf Carson mit ihrem einstigen Bravourstück, Liszts ungarischer Rhapsodie, aufwartete. In der Musik begegneten die Freundinnen einander als Ebenbürtige;

beide hatten in ihrer Jugend die Karriere einer Konzertpianistin erträumt und beide hatten sie sich schließlich aus ähnlichen Gründen für die Literatur entschieden. Nun spielten sie nur noch zum Zeitvertreib, zwar nicht mehr professionell, aber dennoch ausgezeichnet.

Es dauerte nicht lange, bis das intensive Zusammensein mit Annemarie bei Carson die ersten negativen Folgen zeitigte. Sie vernachlässigte ihr Schreiben, war überhaupt unfähig, ans Schreiben zu denken. Vereinnahmt von dieser neuen Freundschaft, war ihr kreativer Impuls wie gelähmt. Um dieses innere Vakuum zu füllen, griff sie vermehrt zur Flasche, was in Reeves' Gegenwart leicht war, hatte doch auch er aus lauter Verwirrung begonnen, sich wieder regelmäßig zu betrinken.

Dabei dachte Carson mitnichten daran, den Ehemann von ihrem neuen Bekanntenkreis auszuschließen. Wieder einmal geriet sie in Versuchung, eine herkömmliche Zweierbeziehung in einen Dreierbund zu verwandeln, indem sie Reeves mit Annemarie bekannt machte und sich selbst als den Mittelpunkt von Liebe und Freundschaft inszenierte. Sie meinte, Annemaries Liebe mehr genießen zu können, wenn auch Reeves ihre Geliebte schätzte und bereit war, eine nicht ganz klar definierte Rolle in diesem Beziehungsmuster zu übernehmen. Womit Carson jedoch nicht gerechnet hatte, war, dass Annemarie und Reeves füreinander spontan Sympathie empfanden und dass dies Annemaries intuitive Zurückhaltung gegenüber Carson noch verstärkte. Annemarie entwickelte im Laufe der Wochen ein Gefühl der Loyalität für ihn; und sie merkte auch sehr schnell, dass ihre Präsenz Carson nicht nur aus ihrem prekären Gleichgewicht warf, sondern auch ihre junge Ehe gefährdete.

Annemarie war jedoch nur der Auslöser einer unterschwelligen Spannung zwischen den beiden Eheleuten gewesen, die sich nun in diesem Sommer 1940 nach Carsons durchschlagendem literarischem Erfolg dramatisch entlud. Reeves, der für seine Frau die Militärkarriere in dem Glauben aufgegeben hatte, dass sie sich zusammen als Schriftstellerpaar in der literarischen Welt einen Namen schaffen würden, hockte nur noch in Bars herum und verpulverte Carsons Buchtantiemen. So wenig wie er ihren Erfolg und ihre neue Liebeseuphorie ertrug, so wenig mochte sie mit ansehen, wie er untätig und ziellos in den Tag hinein lebte und bis zur Bewusstlosigkeit trank. Ihre Ermahnungen, er solle sich endlich nach einem Job umsehen, trafen auf taube Ohren oder provozierten ihn zu neuen Wutausbrüchen. Carson, die nun in Annemarie die ideale Partnerin gefunden zu haben meinte, fiel das Zusammenleben mit Reeves von Tag zu Tag schwerer, so dass sie bereits Anfang August mit dem Gedanken an eine Trennung zu spielen begann. Der Traum, mit Annemarie ein neues Leben anzufangen, schien einer Verwirklichung plötzlich zum Greifen nah.

Inwieweit Annemarie Carsons wilden Plan kannte, ist schwer abzuwägen; sicher teilte sie ihn nicht, war sie doch selbst in ihrer schwierigen Beziehung zu Margot von Opel gebunden und sowohl körperlich als auch psychisch zu angeschlagen, um sich auf eine Liebschaft mit diesem reizenden, aber doch sehr anstrengenden Energiebündel einzulassen.

Seit Ende Mai lebte Annemarie nun schon in New York, unschlüssig, ob sie sich für längere Zeit in Amerika niederlassen oder nicht doch besser nach Europa zurückkehren sollte, wo sie sich gezielter für die Rettung von Kriegsflüchtlingen hätte einsetzen können. New York und die New Yorker Gesellschaft waren ihr inzwischen, mit Ausnahme der Geschwister Mann, gründlich verleidet, sie sehnte sich nach Abgeschiedenheit, um wieder in aller Ruhe schreiben zu können, und liebäugelte mit einem Rückzug ins geliebte Sils. Aber auch die alte Sehnsucht nach Reisen und Einsamkeit hatte sie wieder gepackt, und diesmal versuchte sie diese in einem Brief an Klaus Mann etwas näher unter die Lupe zu nehmen.

»Wüsste ich nur, ob ich nach Alaska oder in die Mongolei fahre, aber auch darüber weiß ich nichts. Und ich fing mehrmals an, Dir einen Brief zu schreiben, es wurde nichts daraus. Ich weiß nicht, wie Dir, der Du im sonnigen Brentwood vielleicht und hoffentlich doch ein äußerlich und innerlich ordnungsmäßiges Leben führst, erzählen, was bei (mir) immer alles *nicht* stimmt. Es wäre natürlich ganz und gar verfehlt, das aufzuschreiben, worüber Margot und ich halbe Tage und Nächte lang reden, so intensiv und ehrlich von beiden Seiten, dass man sich fast um Kopf und Kragen redet. Denn was von allen *minor difficulties* und allen im Moment empfindlich schmerzenden Anlässen schließlich übrig bleibt, ist doch: dass ich in der so oder so gearteten Umgebung mich zwar leicht adaptiere, auch nichts entgegen zu setzen habe, aber unglücklich bin, weil ich noch nicht sesshaft, auch wiederum von keiner Umgebung überzeugt bin, sie sei die meinige. Und vielleicht ist es wirklich so, dass ich ›unglücklich sein will‹, d. h. die Spannungen von außen brauche, und darum schon wieder auf die Landstraße möchte. Es handelt sich nicht darum, ob Margot nach Alaska oder in die Wüstenei mitgehen *würde,* denn dann wäre es für mich ja nicht der Aufbruch und das von Allem weggehen, – wohl aber ist in mir der Verdacht wach, dieses Weggehen sei eine Neigung, dem Schicksal auszuweichen.«[47]

Es mag sein, dass gerade die Bekanntschaft mit Carson den Ausschlag für ihren Entschluss gab, einstweilen weiter in Amerika zu leben. Annemarie blieb mit Margot in ihrem gemieteten Cottage in Siasconset, Nantucket und hegte die Hoffnung, sich fern des städtischen Trubels wieder ganz aufs Schreiben konzentrieren zu können. Die Rechnung ging allerdings nicht auf, denn Annemarie war ihrerseits durch Carson und die Wirkung, die sie auf deren Leben ausübte, mehr erschüttert, als sie es anfangs hatte wahrhaben wollen. An Klaus Mann schreibt sie:

»Wenigstens wirst du verstehen, dass der Anlass zu einer so intensiven Krise jenes Mädchen Carson McCullers war, die schwer krank ist und in einer so merkwürdig abseitigen Vorstellungswelt lebt, dass man ihr mit keiner Realität auch nur beikommen kann. Und während ich glaube, mit aller behandelnden, erwägenden Vorsicht vorgegangen zu sein, erwartet sie, ich würde, da ich doch ihr Schicksal sei, morgen oder eines Tages kommen. Ihr Mann hat sie nun deswegen verlassen. Margot hat natürlich recht zu sagen, an solchen Dingen sei man nicht unschuldig.«[48]

So hatte Annemarie in jenen Wochen auf Nantucket Island nicht nur mit ihren eigenen Problemen und der Sehnsucht nach Flucht zu kämpfen, sondern musste sich auch Margots Eifersuchtsszenen gefallen lassen. Diese Situation war ihrem Schreiben alles andere als förderlich. Annemarie, die hauptsächlich Artikel für Schweizer Zeitungen schrieb, dachte auch daran, zwecks besserer Publikationsmöglichkeiten, wie Klaus und Erika auf Englisch zu schreiben. Dies hätte allerdings ihre ohnehin schwierige Schreibsituation noch mehr erschwert. In *Escape to Life. Deutsche Kultur im Exil* brachten die Geschwister Mann diesen Balanceakt zwischen sprachlicher Heimat und Fremde auf den Punkt:

> »Schriftsteller, die es ertragen, außerhalb des deutschen Sprachgebiets zu leben, das für sie immer bedenklicher zusammenschmilzt, haben sich viele in den USA niedergelassen. Es ist schwierig und sonderbar, für das Eigentliche, für die einsame Arbeit, daheimgeblieben zu sein im Deutschen, um für den Rest ganz im Amerikanischen zu existieren. Es ergibt ein veritables Doppelleben mit allen Geheimnissen, Reizen und Gefahren.«[49]

Annemarie hätte vielleicht gern die Geheimnisse eines solchen Doppellebens erfahren und sich dessen Reizen einmal hingegeben, doch fühlte sie sich den Gefahren nicht gewachsen und entschied sich schließlich, bei ihrer Muttersprache zu bleiben, die damit verbundene Isolation bewusst in Kauf nehmend. Alles in allem befriedigte sie die journalistische Arbeit jedoch nicht. Sie träumte von ambitionierteren Projekten und schrieb die Zeitungsartikel sozusagen mit der linken Hand –

> »und das ist abscheulich deprimierend, denn ich werde nichts Gutes schreiben, wenn ich nicht glaube, jede Seite sei wichtiger als alles andere auf der Welt.«[50]

Am Ende ihres Briefes an Klaus gibt sie zu, sich vor der Zukunft zu fürchten und ratlos zu sein. Die verworrene Gefühlssituation mit Erika, Margot und Carson drohte die wenigen Kräfte zu übersteigen, die sie noch hatte, und sie spürte mit wachsendem Bangen, wie sich wieder einmal Dunkles und Bedrohliches über ihr zusammenbraute.

Carson, die tatsächlich in ihrer eigenen abseitigen Vorstellungswelt lebte, merkte von alledem nichts. Sie schwelgte in ihrem überwältigenden Liebesgefühl und dem literarischen Erfolg und schmiedete Pläne, wie sie Annemarie fester an sich binden könnte. Ihr Verleger Robert Linscott hatte ihr zu einem Schreibaufenthalt am College von Middlebury in Vermont verholfen, das für talentierte Autoren in den letzten beiden Augustwochen jeweils die *Bread Loaf Writer's Conference* organisierte. Für Carson bedeutete diese Einladung nicht nur eine große Auszeichnung, sondern auch die Gelegenheit, sich mit erfahrenen Autoren auszutauschen und wertvolle neue Kontakte für die Zukunft zu knüpfen. Sie hatte selbstverständlich sofort zugesagt und freute sich – gerade weil das Zusammenleben mit Reeves so schwierig geworden war –, von New York eine Weile Abstand zu nehmen.

Seit der Bekanntschaft mit Annemarie schwebte *Bread Loaf* jedoch wie ein Damokles-Schwert über ihrem Kopf. Sie konnte sich nicht vorstellen, die Geliebte auch nur einen Tag aus den Augen zu verlieren, geschweige denn zwei Wochen. Je näher das Datum ihrer Abreise rückte, desto mehr wuchs ihre Angst, dass diese das Ende ihrer Beziehung zu Annemarie bedeuten könnte; Annemarie, so spürte sie, war in New York nicht glücklich und es bestand das Risiko, dass die Geliebte während ihrer Abwesenheit Amerika verlassen könnte. Diese Perspektive löste in ihr panische Angst aus, sie war nicht denkbar und musste mit allen Mitteln verhindert werden.

Liebe macht bekanntlich erfinderisch. Carson überlegte, dass ihr in diesem Augenblick ihres Lebens zwei Dinge in gleicher Weise wichtig waren: Annemarie und *Bread Loaf*. Wollte sie auf keines von beiden verzichten, musste Annemarie sie notgedrungen nach Vermont begleiten. Gedacht, getan: Carson bat Robert Linscott, für Annemarie ebenfalls ein Stipendium am College von Middlebury zu organisieren, und malte sich schon spannende Zeiten an der Seite der Geliebten aus. Aber Annemarie fand allerlei mehr oder weniger stichhaltige Vorwände, um sie nicht zu begleiten und zog sich noch vor Carsons Abreise mit Margot in ihr Cottage auf Nantucket Island zurück.

Carson war am Boden zerstört. Was hatte es für einen Sinn, unter literarischen Größen wie Eudory Welty und Robert Frost zu verkehren, wenn Annemarie fehlte, die einzige Person, die sie liebte und bei sich haben wollte? Was konnte ihr die Ehre bedeuten, mit dreiundzwanzig Jahren eines der bedeutendsten Literaturstipendien erhalten zu haben, wenn sie zutiefst unglücklich war? Jeden Tag telefonierte sie mit Annemarie aus *Bread Loaf* und bat und bettelte, sie möge zu ihr kommen. Als Carson endlich merkte, dass Annemarie nicht zu bewegen war, schlug sie vor, sich mit ihr wenigstens einmal in Boston zu treffen, um gemeinsam ihren Verleger zu besuchen. Linscott war inzwischen auch mit Annemarie befreundet und Carson wusste von deren Hoffnung, ihn für das Manuskript, an dem sie gerade arbeitete, zu interessieren. Die Aussicht auf ein Gespräch mit Linscott ließ sie auf ein Wiedersehen mit Annemarie hoffen, und in ihrer wilden Fantasie sah sie sich schon gemeinsame idyllische Tage in Cape Cod an den Bostoner Tag anhängen. Alles schien ihr machbar, wenn

Annemarie sich nur ein bisschen wagemutiger zeigte. Warum war sie nur so zurückhaltend, so seltsam scheu? Carson suchte den Grund bei Margot und deren theatralischem Getue und nahm an, dass Annemarie einstweilen noch die Kraft fehlte, sich von ihr zu lösen. Die Idee, dass Annemarie aus Rücksichtnahme handelte, kam Carson nicht in den Sinn.

Reeves war über Carsons Plan im Bilde und riet ihr entschieden ab, *Bread Loaf* frühzeitig zu verlassen und die unwegsame Reise nach Boston auf sich zu nehmen. Es würde nicht nur ihrer Karriere, sondern auch ihrer Gesundheit schaden. Sie brauche Ruhe, daher redete er ihr zu, in *Bread Loaf* könne sie sich endlich unter ihresgleichen weiter entwickeln und zugleich von den nervlichen und emotionalen Strapazen der letzten Wochen erholen. Doch Carson war

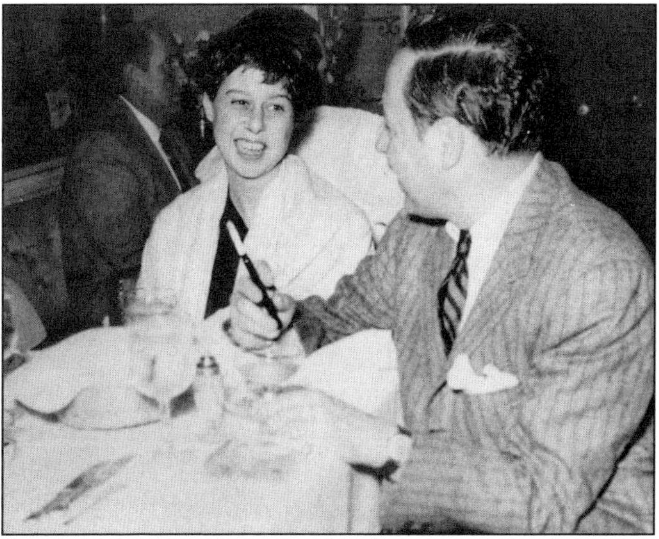

Carson mit Tennessee Williams, 1957

Carson mit Arthur Miller, Marylin Monroe
und Tania Blixen, 1959

nicht zur Vernunft zu bringen, die großartigen Literaten konnten ihr gestohlen bleiben und Ruhe würde sie mit Annemarie in Cape Cod finden. Bloß: Annemarie machte nicht mit. Allmählich begann ihr zu dämmern, dass Annemarie sich ihr in Wirklichkeit verweigerte und nie die Absicht gehabt hatte, sich auf die Liebschaft, die Carson so sehnlich verwirklichen wollte, einzulassen. In ihrer Enttäuschung und Wut vermutete sie nun Reeves dahinter und beschuldigte Annemarie, sich auf seine Seite geschlagen zu haben.

Was Carson nicht wissen konnte oder wollte: Erika war am 19. August ohne große Vorankündigung auf Einladung des britischen Informationsministers nach London abgereist, um deutschsprachige Sendungen für die *BBC* vorzubereiten. Wie so manches Mal in der Vergangenheit fühlte sich Annemarie, die eigens von Nantucket nach New York zurück gefahren war, um sich von ihr zu verabschieden, elendig im Stich gelassen. Das alte Muster ihres Lebens wiederholte sich. Seit Anfang der Dreißigerjahre bestand es aus einem steten Werben um Erikas Freundschaft, einer steten Sehnsucht nach ihrer Nähe, welche die andere immer wieder enttäuschte, kurz: aus einer tristen Folge von falschen Hoffnungen und Demütigungen. Am 1. September schrieb sie an Klaus Mann:

> »Ich habe seit dem Augenblick, als ich den Clipper (mit Erika an Bord) davon gleiten sah und mit Gumpert[51] in die City zurückfahren musste, schon mehrere Pfund an Gewicht verloren, und habe so schlaflose Nächte überhaupt noch nie gekannt.«[52]

Erikas Abreise warf Annemarie wieder auf sich selbst und ihre vielen ungelösten Probleme zurück, wovon eines, ihre Beziehung zu Margot, nicht das kleinste war. Margots Anhänglichkeit belastete sie. Sie empfand sie als einengend und hatte Mühe, ihre Individualität von Margots maßlosen emotionalen Ansprüchen abzugrenzen. Wie sich übrigens ein paar Monate später herausstellen sollte, befand Margot genau dasselbe über Annemarie.

Was Klaus Mann mit unverhohlener Herablassung bei ihr als »morbiden Trotz« diagnostizierte, entsprang letztlich einer Unfähigkeit, die für sie existenzielle Arbeit des Schreibens mit einer dauerhaften Bindung an einen Menschen oder einen Ort zu vereinbaren. Annemarie spürte die Verachtung aus Klaus' Urteil heraus und versuchte am 1. August in einem Antwortschreiben auf seine »Gardinenpredigt« zu erklären, dass eine politisch klare Linie zu verfolgen noch nicht bedeute, dass sie körperlich und psychisch auch fähig sei, sich in diesem Sinne aktiv zu engagieren, wie Klaus und vor allem Erika es ihr mit ihrer unversiegbaren Energie vormachten.

»Dass meine jetzige äußere Lebensweise mich überhaupt beschäftigt, – wundert es Dich wirklich? – Aus den Mohnfeldern einer dauernden Abwesenheit, beinahe Umnachtung, zurückgekehrt, finde ich mich vor der Frage, die einfach eine Existenzfrage ist: ob ich fähig sei, ein Gefühl zu erwidern, eine Liebe zu halten, irgendeinen Einsatz zu leisten, – ohne dabei diese innere Freiheit einzubüßen, die ich brauche, um zu schreiben, – oder ob ich für dieses Mich-in-die-Wüste-Begeben von anderen Menschen Verzeihung und Verständnis verlangen kann, – oder auf jede Form eines irgendwie freundlichen, zivilen Lebens, auf jede Bindung verzichten muss (was mich sehr ängstigt) – Mitten in diesem Leben, das einerseits privaten Einsatz verlangt, andererseits viele Aufgaben bereit hat, wie etwa die, an einer Zeitschrift mitzuarbeiten, – habe ich Augenblicke, da ich mich als Verräter oder Hochstapler fühle, und weiß dann keinen Ausweg als ›wegzugehen‹, – allein zu sein: dafür brauchte ich das Wort ›Mongolei‹ (oder Indochina?) –.«[53]

Eine Reise nach *Bread Loaf* oder Boston, für deren Verwirklichung sich Linscott auf Carsons Wunsch liebenswürdigerweise persönlich eingesetzt hatte, überstieg zu diesem Zeitpunkt schlicht Annemaries psychische Kräfte. Nach längerem Hin und Her schlug sie beide Einladungen aus.

An Linscott schrieb sie am 23. August einen Brief, aus dem hervorgeht, dass sie sich der Verletzung durchaus bewusst war, die sie Carson mit ihrer Absage zufügte:

»Das war eine Menge Planen und Planänderungen und Telefonanrufe und ein Nullresultat! Es tut mir deswegen sehr Leid, und ich wünschte mir, dass Sie nachsichtig sind und mir verzeihen (...). Da Carson geplant hatte, nach dem 18. August mit mir ein paar Tage am Meer zu verbringen – und ich nicht von hier weg kann –, frage ich mich, ob Sie ihr nicht vorschlagen könnten, sie an einen netten Ort in Cape Cod zu bringen. Es betrübt mich so, dass ich nichts für Carson tun kann. Ich habe sie zutiefst lieb, und ich wünschte, die Welt wäre anders, leichter für sie, sich darin zu Recht zu finden. Aber sie ist sehr unschuldig und kann gewisse Schicksalsschläge nicht akzeptieren – es beängstigt mich, dies ganz zu Ende zu denken, aber ich weiß, dass sie verletzt werden wird. Ich hatte ein langes Gespräch mit Reeves in New York. Er ist eine ehrliche Person und gibt sich Mühe, das Beste aus seinem Zusammenleben mit Carson zu machen. Aber irgendwie fühle ich, dass er ihr Leben fordert (...).«[54]

Annemaries persönliche Probleme hatten Carson somit die große Blamage erspart, wegen einer Liebesaffäre *Bread Loaf* frühzeitig abzubrechen oder dort gar nicht erst zu erscheinen. Sie reiste, aber schweren Herzens und eher widerwillig. Entgegen ihren Befürchtungen fühlte sich Carson in der neuen Umgebung jedoch sofort wohl und war dank vieler anregender Bekanntschaften bald in der Lage, den Liebeskummer wegzustecken, um ihrem zweiten Roman den letzten Schliff zu geben, bevor sie ihn Linscott übergab. Den von Louis Untermeyer angebotenen Lyrikseminaren blieb sie fern, um sich in Zurückgezogenheit ihrer

Prosa zu widmen. Lyrik sei nicht oder noch nicht ihr Revier, erklärte sie Untermeyer, was sie jedoch nicht hinderte, außerhalb der Seminare mit dem fünfundfünfzigjährigen Lyriker eine jener intensiven Beziehungen im Spannungsfeld zwischen Freundschaft und erotischer Anziehung zu entwickeln, wie sie sie liebte. »Eine platonische Affäre mit nicht-so-platonischen Umarmungen«, erinnerte sich Untermeyer 1971 an jenen fernen Sommer,[55] und er erklärte sich diese im Nachhinein mit Carsons damaliger Orientierungslosigkeit und Verwirrung sowohl emotionaler wie sexueller Art. Carson, spontan und zutraulich wie sie war, hatte ihm von ihren Eheproblemen mit Reeves erzählt, doch was sie im Moment am meisten schmerzte, ihre unerwiderte Leidenschaft für eine morphiumsüchtige Schweizer Schriftstellerin, verschwieg sie dem neuen Freund: Noch war das Gefühl zu frisch, zu quälend, um in Worte gefasst zu werden.

Carson McCullers, 1946

Carson erregte Aufsehen in *Bread Loaf* und sie genoss es. Nicht nur galt sie unter den anderen Stipendiaten als größte literarische Sensation der letzten Jahre, sondern sie fiel durch ihren kindlichen Enthusiasmus auf, ihren burschikosen Kleidungsstil – Hose und dreimal am Tag gewechseltes weißes Hemd – und nicht zuletzt durch die Fähigkeit, trotz ihres jungen Alters zu jeder Tages- und Nachtstunde unverdünnten Gin aus dem Wasserglas zu trinken, ohne je wirklich betrunken zu sein. »Entrückt, seltsam, kindlich und egozentrisch« sind die immer wiederkehrenden Urteile ihrer Kommilitonen in *Bread Loaf*. Man mochte Carson, man bewunderte sie, aber außer Louis Untermeyer kam niemand wirklich an sie heran. Jeder spürte, dass ihre Gedanken und ihr Herz im Grunde nicht bei der Sache waren. Die Stipendiaten hatten nicht ganz Unrecht.

Neben Annemarie hatte Carson gegen Ende ihres Aufenthaltes tatsächlich nur noch eines im Kopf: das Schicksal ihres zweiten Romans, den Untermeyer neidlos bewunderte – »eine der spannendsten und unheimlichsten Geschichten, die je in Amerika geschrieben wurden« – und der nun in Linscotts Verlag zur Prüfung zirkulierte. Einerseits war Carson vom Manuskript überzeugt, sie hatte ihr Bestes dafür gegeben, doch mahnte sie der überwältigende Erfolg ihres Erstlings zur Vorsicht. Was wäre, wenn *Spiegelbild im goldnen Auge* ihre Leser enttäuschen würde? Hatte sich nicht schon Theodor Morrison, der Direktor von *Bread Loaf*, skeptisch darüber geäußert und Einzelheiten darin, die sie als Elemente der Komik verstand, schlicht unzumutbar makaber gefunden?

Am 28. August waren die idyllischen Tage in Vermont zu Ende, und nachdem Carson anschließend mit Linscott ein paar Tage in Boston und Cape Cod verbracht hatte – ohne zu vermuten, dass Annemarie diese erholsame Pause für sie eingefädelt hatte –, kehrte sie zu Reeves in die gemeinsame Wohnung zurück. Aber nichts war mehr wie früher; Carson hatte sich in dieser kurzen Zeit verändert. Erstmals hatte sie in *Bread Loaf* das aufregende, ganz der Literatur gewidmete Leben genossen und war nun nicht mehr gewillt, an der Seite eines depressiven und untätigen Menschen ihre Tage zu verschwenden. Sie wollte sich befreien von diesem Ehemann, den sie als Last empfand, sie wollte sich schreibend verwirklichen und nur noch unter interessanten Künstlern verkehren. Aber wohin ziehen, und vor allem: mit wem? Auf Annemarie konnte sie nicht zählen, diese entzog sich ihr wieder, kaum machte sie einen Schritt auf sie zu. Nur nach mehrmaligem Bitten ließ sich die Verehrte bewegen, sie in New York zu treffen, und während dieser kurzen und seltenen Zeit des Zusammenseins wurde Carson nur zu deutlich, wie sehr sich Annemarie wünschte, an einem anderen Ort und mit einer anderen Person zu sein. Keine noch so glühende Liebesbezeugung konnte die Schweizerin erweichen. Annemarie war zwar noch immer liebenswürdig, ja warmherzig, aber die Unruhe, die Carson schon früher an ihr beobachtet hatte, manifestierte sich jetzt in einer sie verletzenden Geste der Abwehr. Ihre Heimat lockte sie mehr denn je. Seit Erika die Vereinigten Staaten verlassen hatte, meinte Annemarie in diesem Land, das ihr ohnehin nie viel bedeutet hatte, nichts mehr verloren zu haben, und Carson hatte zu wenig Macht über Annemaries Gefühle, um sie zurückzuhalten. Es brauchte wenig, um Annemarie vollends in die Flucht zu schlagen. War die Flucht in die Weite nicht schon immer ihre bevorzugte Lösung gewesen, wenn der

Druck und die Ansprüche auf sie zu stark wurden? Carson wusste: Ein falsches Wort, zu offensichtliches Drängen, und sie würde die Geliebte auf immer verlieren. Also ließ sie Annemarie einstweilen in Ruhe und suchte, neben der Niederschrift eines dritten Romans, mit dem sie sich schon seit mehreren Jahren erfolglos abmühte, nach Ablenkung unter ihren neuen literarischen Bekanntschaften.

George Davis zum Beispiel. Der junge Chefredakteur der New Yorker Zeitschrift *Harper's Bazaar* hatte sich gerade entschieden, *Spiegelbild im goldnen Auge* als Vorabdruck auf zwei Nummern verteilt zu publizieren. Selbst auch Schriftsteller, war er voll Bewunderung für Carsons klaren poetischen Stil und liebte es, sich mit ihr über allerlei Themen der Kunst und Literatur zu unterhalten. War er anfangs noch Gast des Ehepaars McCullers an der 11ten Straße, so wusste es Carson rasch einzurichten, dass sich die Treffen in die Redaktionsräume von *Harper's Bazaar* verlagerten, wo Reeves als Außenseiter nicht hingehörte. Carson fand George Davis »begabt, charmant und korrupt«, eine charakterliche Mischung, die ihn in ihren Augen zum idealen Kumpel kürte, mit dem sich herrlich flirten ließ. Sie machte vor ihm keinen Hehl aus ihren ehelichen Problemen und ihrem Wunsch, sich von Reeves zu trennen, und Davis, offensichtlich an der unkonventionellen und offenherzigen Autorin Gefallen findend, schlug ihr eines Tages ohne Umschweife vor, mit ihm zusammen zu ziehen.

»Selbstverständlich wie Bruder und Schwester?«,[56] fragte Carson kokett, worauf George Davis statt zu antworten in Gelächter ausbrach. Alles war so unkompliziert mit Carson, man brauchte bloß zu fragen und neue Projekte anzureißen, und sofort war sie Feuer und Flamme.

Die beiden brauchten nicht lange nach dem idealen Haus zu suchen. Eines Nachts träumte George Davis von einem geräumigen viktorianischen Ziegelhaus, und dieser Traum machte einen derart starken Eindruck auf ihn, dass er am nächsten Tag auf die Suche nach diesem Haus ging und es, genau wie im Traum gesichtet, in der Middagh Street auf Brooklyn Height fand. Das Haus war sogar zur Miete ausgeschrieben. Davis zögerte nicht und am 2. Oktober 1940 zog er mit Carson und Erikas Ehemann, dem englischen Dichter Wystan Auden, ein, nachdem Carson für Reeves eine bessere Bleibe gefunden hatte als die desolate Wohnung an der 11ten Straße.[57]

> »Unsere vielen Freunde freuten sich für uns und beschenkten uns mit Möbeln; Diana [Vreeland] stiftete sogar ein großes Klavier. Nach Jahren der Wohnmisere lebte ich endlich in einem gemütlichen, ja geradezu luxuriösen Haus. Mein Zimmer mit kleinem Ankleideraum war Empire-grün und sehr einfach. Wir teilten die Ausgaben unter uns auf, so kam das Haus nicht allzu teuer zu stehen.«[58]

Für Carson begann eine aufregende Zeit des künstlerischen Austauschs. Improvisation statt Routine lautete die Devise unter den Bewohnern – sofern der ordnungsliebende und pünktliche Wystan Auden den anderen nicht seine Tagespläne aufzwang; Mahlzeiten, wann man gerade Hunger hatte, Diskussionen bis in die Nacht hinein mit viel Alkohol und ein stetes Kommen und Gehen von Gästen sowie, was Carsons Freiheitsdrang besonders entgegenkam, undefinierte Bindungen, die prinzipiell alle möglichen Konfigurationen zuließen. In dieser reinsten Form von Bohème glaubte Carson endlich den Lebensstil gefunden zu haben, der ihrer Kunst am förderlichsten sein würde; wäre die unselige Liebe zu Annemarie nicht gewesen, hätte sie sich glücklich wähnen können.

Selten lebten sie nur zu dritt in diesem großen Haus, denn stets kamen Freunde und Freunde von Freunden, die sich wochen- oder monatsweise zum Arbeiten einmieteten. Benjamin Britten, der Tenor Peter Pears, Louis MacNeice, ein Dichterfreund Audens, und der Schriftsteller Louis Untermeyer waren häufige Gäste, ebenso Erika, Klaus und Golo Mann sowie George Davis' Freundin, die schöne Gypsy Rose Lee, Call Girl, Striptease-Tänzerin und Malerin, die schließlich als Vierte im Bund in der Middagh Street aufgenommen wurde. »Alles was in Amerika neu war in der Musik, Malerei oder Choreographie kam von diesem Haus, dem einzigen Zentrum des Denkens und der Kunst, das ich in irgend einer größeren Stadt des Landes gefunden habe«, fasste Denis de Rougemont 1941 nach einem Besuch die Atmosphäre von Middagh Street zusammen. Carson machte auf ihn den Eindruck eines »rührenden, sensiblen Teenagers«, der in einem kafkaesken Haushalt lebte.[59]

Auch Annemarie fand den Weg nach Brooklyn, doch wie häufig, ist nicht belegt. Carson erzählt in ihren Memoiren, dass ihre Mutter einmal zu Gast war und von Gypsy Rose Lee sehr angetan gewesen sei, sich aber aus Annemarie nichts gemacht habe. Diese Begegnung könnte, Klaus Manns Tagebucheintragung zufolge, in der ersten Oktoberwoche stattgefunden haben.

> »Dieses sonderbare Haus in Brooklyn, wo sich George Davis niederlässt und einrichtet. (Nach dem Essen mit Ury hin, um es anzuschauen. Ury, leider, *langweilt* mich immer mehr. – *C'est bien triste* –) George, in einem

blau-rot karierten Hemd – das er nach bäurisch-orientalischer Art wie einen Kaftan über der Hose trägt –; inmitten eines Chaos von Möbeln, Papieren, Lampen, Farben, Werkzeugen. – Zeigt mir das ganze wunderliche Anwesen; die Appartments von Wystan – den ich, samt Chester, ein paar Minuten sehe –, von Carson McCullers, die später mit ihrer Mutter aus dem Theater kommt. – Welcher Roman wäre hierüber zu schreiben! – George's Verlobung mit diesem populären Broadway-Star, Gipsy? – McCullers, verzehrt von ihrem Talent, ihrer Schwindsucht und ihrer unsinnigen Liebe zu Miro [Annemarie] – (Dazu: Miro – E.; E. – Wystan; Wystan – Chester –) – Welch ein Roman!«[60]

Trotz seiner Vorbehalte kam Klaus Mann häufig zu Besuch, um sich mit George Davis, Wystan Auden und dem langfristig einquartierten Gast Louis MacNeice, der »mir wegen seiner stillen, sanften, dabei nicht un-brutalen Hübschheit gefällt«,[61] über deren Mithilfe und Mitarbeit an seiner geplanten Zeitschrift *Decision* zu besprechen. Auffallend in seinen Tagebucheinträgen wird nun die Ungeduld gegenüber Carson, die, so stellt er missbilligend fest, sowohl ihre schlechte Gesundheit als auch ihre abgöttische Liebe zu Annemarie melodramatisch zur Schau stellt.

Am 13. November vermerkt er etwa anlässlich eines Besuchs an der Middagh Street:

»Vorgestern abend, Essen mit Wystan Auden. Auch bei ihm große, etwas nebelhafte Pläne. Die Zeitschrift *Hemisphere*; State-Dept., Rockefeller Foundation, die Konkurrenz zu MacLeish. – Nachher mit der armen Carson McCullers, eher etwas peinlich. Hustet ihre offene TB ins Taschentüchlein und liebt Miro. Sinnlos.«[62]

Ein paar Tage später war er dort erneut Gast, diesmal zusammen mit Annemarie und Erika, die eben aus Europa zurückgekehrt war.

> »Ihn [Louis MacNeice] den nächsten Abend wiedergesehen – in dem unheimlichen Heim zu Brooklyn. Dorthin mit E. und Miro. Abendessen mit Wystan, der tragisch hustenden, mausgrauen McCullers und MacNeice. Das immer noch chaotische Haus. *What a weird set-up, altogether* –«[63]

Klaus Manns Eindruck von Carson war gewiss einseitig, denn Louis Untermeyer erlebte die junge Schriftstellerin in Brooklyn im Gegenteil als »redseliger und euphorischer als üblich«.[64]

Die schwarze Stille

Nicht nur Carson mit ihrem tragischen Getue ärgerte Klaus Mann in jenem Herbst, sondern auch Annemarie, die ihm als seelenverwandte Gefährtin einst so nahe gestanden hatte und sich nun, wie er schreibt, in »beängstigende Narreteien« verstrickte. Wenn er auch Annemaries Verhalten als derart negativ abtat, so war er immerhin verängstigt genug, um mit Margot von Opel zu besprechen, was es damit genau auf sich hatte. Er hatte von Annemaries Geliebter früher zwar keine besonders gute Meinung gehabt, sie immer »etwas zweifelhaft« gefunden, obwohl vielleicht »im Grunde ganz brav«; erst durch längere Unterredungen mit ihr über Annemarie kam er zum Schluss, dass Margot »eine gar nicht so üble Person« sei. Annemarie hatte ihm in ihren Briefen die schwierige Beziehung zu ihr verschiedentlich geschildert, aber die Narretei, auf die sich Klaus Mann hier bezieht, betrifft nicht die Freundin, sondern ihre wachsende innere Unruhe, den Drang, Amerika so rasch wie möglich zu verlassen, um in die Schweiz zurück zu kehren.

Diese Idee begann von September an bei Annemarie fast schon pathologische Züge anzunehmen; Klaus Mann spricht am 13. Oktober gar von einer Zwangsvorstellung. Er hatte sich an dem Tag mit ihr und dem Arztfreund Gumpert zu einem ruhigen Lunch im Familienkreis getroffen und verbrachte dann den Abend mit ihr und Margot. Mit zunehmend später Stunde steigerte sich Annemarie jedoch in eine regelrechte Krise hinein und begann starrköpfig auf ihre unverzügliche Abreise zu beharren. Sie ließ sich schließlich beruhigen und es blieb vorläufig beim bloßen Entschluss, aber ihre engsten Freunde sahen nun deutlicher denn je, dass Annemarie sich keine Narreteien leistete, sondern psychisch krank war.

Sie trank und rauchte wieder übermäßig viel und die Artikel, die sie in jenen Tagen in der *Weltwoche*, der *National Zeitung* und der *Neuen Zürcher Zeitung* veröffentlichte, konnten sie nicht darüber hinwegtäuschen, dass sie seit langem kein Prosastück zustande gebracht, ja seit langem das wirkliche Schreiben vernachlässigt hatte, das einzige, das sie vor der Verzweiflung bewahren konnte. Auch ihre Arbeit beim *Emergency Rescue Committee* war wegen ihrer schlechten Verfassung praktisch zum Stillstand gekommen. Ihr blieben nur die alten ungelösten Probleme, das stete Kreisen um sich selbst und die komplizierten, ausweglosen Beziehungen, in die sie sich verfangen hatte. Auf diese enttäuschende Lebensbilanz begann Annemarie mit aggressiver Gebärde zu reagieren, wodurch sie sich in ihrem Bekanntenkreis zunehmend unbeliebt machte und noch mehr isolierte. Aber was konnte sie die Meinung der anderen noch kümmern? Sie würde dieses Land, in dem sie nicht heimisch werden konnte, ohnehin bald auf immer verlassen, je schneller desto besser.

Wieder einmal schwebte ihr Erika als Vorbild vor: Erika, die sich mit ihrer Reise ins bombardierte England wie ein mutiger Soldat mitten ins Kriegsgeschehen gestürzt hatte, aktive Hilfe leistete, wo es brannte, und nicht, wie sie, jenseits des Atlantiks in aller Sicherheit unnütze Nabelschau betrieb. Der Vergleich schmerzte und sie ertrug es kaum mehr, mit der eigenen Feigheit konfrontiert zu sein und zu akzeptieren, dass sie in ihrem Zustand emotionaler Erschöpfung nicht die Kraft aufbrachte, sich von Erika und Klaus abzunabeln und von Margot und Carson zu lösen, um endlich auf eigenen Füßen zu stehen und das Leben allein zu bewältigen.

Dass Annemarie in diesem Herbst 1940 geradewegs auf eine Katastrophe zusteuerte, beobachtete Klaus Mann am 19. Oktober mit mitleidigem und doch seltsam kühlem Blick nach einem Abend im Hotel Pierre, der New Yorker Absteige von Margot und Fritz von Opel an der 5th Avenue:

> »Gestern abend, sehr lange im ›Pierre‹. Erst mit *Miro* (...), dann im Salon der Margot, mit *Gumpert* dabei. Miro, wieder in höchst beängstigenden Zuständen. Ihr schaurig sich verändernder Blick. Die verhängnisvolle Stelle zwischen den Augenbrauen. – Ihre lügenhafte Beredtheit, dann – das plötzliche Zusammenklappen (nach einem Glas Whisky). Kopf sinkt nach vorn. Apathie des erschlaffenden Gesichtes. – Ich fürchte, dass es sehr ernst ist – diesmal. Lange Beratung mit Margot und Gumpert, da sie trotzig-schwankend zu Bett geht. G.: ›Am Rande, wenn nicht schon im Beginn einer Psychose – *Pauvre enfant*.‹«[65]

Die ihm nahen Menschen nannte Klaus Mann in Briefen und Tagebüchern gern Kinder, aber im Fall von Annemarie schwingt eine gewisse Hilflosigkeit in der Bezeichnung des armen Kindes mit. Wie es sich in den nächsten dramatischen Wochen erweisen sollte, gehörte Klaus gerade nicht zu jenen Freunden, auf die Annemarie in ihrer Not würde zählen können. Sowohl er wie auch Erika sahen der rasenden Verschlechterung ihres psychischen Zustands mit mitleidiger Herablassung tatenlos zu, so als wäre sie einer bedauerlichen Charakterschwäche zuzuschreiben. Erika, die willensstarke, energische Power-Frau, mochte vielleicht Annemaries Anhänglichkeit überdrüssig geworden sein und sich deshalb vorsätzlich auf Distanz gehalten haben.[66] Aber von Klaus, der selbst seit Jahren mit seiner Todessehnsucht zu ringen hatte und zusammen mit Annemarie in die dunklen Abgründe der Droge hinab gestiegen war, hätte die Freundin etwas mehr persönlichen Einsatz erwarten können als nur ein vages Gefühl der Empathie. Bedenkt man jedoch, dass die Degradierung von Annemaries psychischem Zustand ihm letztlich den Spiegel der eigenen Labilität vorhielt, erstaunt es nicht, dass er instinktiv jegliche Fürsorge und Verantwortung für die Freundin von sich wies. Er mochte nicht gern mit den eigenen Schwächen konfrontiert werden, wusste er doch, dass allein sein Zynismus und die schier unerschöpfliche schriftstellerische Energie ihn noch vor den Abstürzen bewahrten, die er diesen Herbst am »Schweizerkind« beobachtete.

Annemarie war, wie Ella Maillart vor Antritt der gemeinsamen Reise nach Afghanistan festgestellt hatte, »sehr einnehmend, sehr begabt – aber so blass, so dünn und so kränklich aussehend«.[67] Das Wort Psychose fiel an jenem Krisenabend des 19. Oktobers. Früher war sogar von beginnender Schizophrenie die Rede gewesen, so etwa in der Klinik in Kreuzlingen am Bodensee, wo sich Annemarie beim berühmten Spezialisten der Schizophrenie, Dr. Binswanger, im Sommer 1938 einer Entziehungskur unterzogen hatte. Annemarie war damals kurzfristig von den Drogen losgekommen, aber eine gegenseitige Abneigung zwischen Psychiater und Patientin hatte jegliche Möglichkeit vereitelt, Annemaries psychischen Problemen ein für alle Male auf den Grund zu gehen.

In dieser Zeit tiefster Depression verfasste Annemarie ein Prosagedicht mit dem Titel *Die zärtlichen Wege, unsere Einsamkeit*, das, bis heute unveröffentlicht, in resigniertem Ton die Unmöglichkeit glückender zwischenmenschlicher Beziehungen thematisiert.[68] Annemarie war bis zu dem Tag tatsächlich keine Beziehung geglückt, weder zu den Eltern noch zu einer Geliebten, und gerade diese Einsicht traf sie, als der Bruder Freddy ihr am 17. November telefonisch mitteilte, dass der Vater in der Schweiz einem Herzversagen erlegen sei. Dieser Bruder, der als Vorsteher der US-Filiale der väterlichen Firma in Manhattan wohnte, pflegte zu Annemarie zwar nur spärlichen Kontakt, aber schließlich war dann er es – und nicht ihre engsten Freunde –, auf den die Verantwortung für Annemarie in den schwersten Krisenmomenten fiel.

Die Nachricht vom Tod des Vaters warf Annemarie vollends aus dem Gleichgewicht. Schlagartig fühlte sie sich wieder in die Jugendjahre zurückversetzt, jene ferne Zeit aufkeimender Konflikte, als sie noch hoffen durfte, von den Eltern trotz ihrer Andersartigkeit verstanden und geliebt zu werden. An dieser Hoffnung, obzwar schwindend, hatte die erwachsene Annemarie unbewusst immer Halt gefunden; ob als Diplomatengattin in Teheran oder als Reisejournalistin mit dem Auto unterwegs nach Kabul oder im Schiff nach New York: Stets begleitete sie das Wissen, dass sie im schlimmsten Fall in ihr geliebtes Bocken zurückkehren konnte. Auf den Vater wenigstens hatte sie sich immer verlassen können. Hatte er der Tochter auch wenig Zuneigung und Anerkennung entgegengebracht, so hatte er ihr dennoch immer unter die Arme gegriffen, wenn sie nicht mehr weiter wusste – was für seine Begriffe oft, zu oft der Fall gewesen war. Alfred Schwarzenbach hatte nie viel übrig für jenen Menschenschlag, der die Eigenverantwortung scheut und auf Kosten anderer lebt, aber was konnte er tun, wenn es sich um die eigene Tochter handelte? In seinen Augen war die Unglückliche an die falschen Leute geraten, ein Opfer, das sich von einem Nobelpreisträger hatte blenden lassen und dessen Kindern auf den Leim gegangen war: Schmarotzern, die den Ruhm des Vaters brauchten, um ihre infantile Schaumschlägerei als Theaterkunst und politisches Engagement zu verkaufen. Ja, Erika und Klaus hatten seiner Annemarie den Kopf verdreht, nur so konnte er sich erklären, warum sie seine nationalsozialistischen Ideen so vehement attackierte und sogar seine Textilfabriken öffentlich als Ort kapitalistischer Ausbeutung anprangerte, sie, die doch stets vom Wohlstand der Familie profitiert hatte. Von jemandem, der sich nicht einmal selbst über Wasser halten konnte, duldete Alfred Schwarzenbach jedoch keine Kritik, er konterte zurück, und so hatten sich über die Jahre zwischen Vater und Tochter Unbehagen und Misstrauen etabliert.

Doch jetzt war der Vater tot, und Annemarie realisierte mit einem Mal, dass die Versöhnung, die sie Jahre lang ersehnt hatte, nicht mehr möglich war. Plötzlich fehlte der Rückhalt. Fortan würde sie das Leben, das wirkliche, praktische Leben, allein meistern müssen, und es erschreckte sie. Schon bei der ersten Mutprobe versagte sie. Statt mit dem Bruder zum Begräbnis in die Schweiz zu fliegen, ließ sie ihn die Reise allein antreten, verschanzte sich aus Scham, ihren Familienangehörigen als Gescheiterte entgegen zu treten, in Margots Suite im Hotel Pierre, von Gewissensbissen gequält und im Bewusstsein, den Vater bis zum Schluss enttäuscht zu haben.

Die Krise steuerte unaufhaltsam auf die Katastrophe zu, nicht zuletzt, weil Margot nicht die Frau war, die Annemaries Not verstehen, geschweige denn lindern konnte. Im Gegenteil: Sie schürte mit ihren Launen und verrückten Ansprüchen sogar deren wachsende Aggressivität, bis es eines Abends in den ersten Dezembertagen in Margots Zimmer zu dramatischen Handgreiflichkeiten kam. Annemarie, außer sich vor Wut und Enttäuschung über die zermürbende Beziehung, schlug alles kaputt, was ihr gerade unter die Hände kam, und würgte Margot am Schluss fast bis zur Bewusstlosigkeit. Das Hotelpersonal griff zum Glück rechtzeitig ein und befreite die Baronin aus den Fängen der Tobsüchtigen, die dann mitten in der Nacht aus dem Hotel hinausgeworfen wurde. Annemarie hatte die letzte intime Bindung ihres Lebens in einem Augenblick blinder Raserei zerstört. Diese Einsicht muss für sie niederschmetternd gewesen sein, denn am nächsten Morgen fand man sie in ihrem Zimmer des Bedford Hotels mit aufgeschnittenen Pulsadern im Bett liegend. Sie lebte noch, als das Zimmermädchen sie entdeckte, und der herbeigerufene Arzt konnte rettende erste Hilfe leisten, bevor die Ambulanz sie ins Greenwich Hospital von Connecticut einlieferte. Margot und der Bruder Fredy waren zugegen, als man Annemarie auf der Trage durch einen Seitenausgang aus dem Hotel trug, nicht aber der Freund Klaus, der im gleichen Hotel wohnte, und vor allem nicht Erika, die zwar aus Europa zurückgekehrt, aber an diesem Tag unauffindbar war. Das alte Muster wiederholte sich, und in den folgenden Tagen sah sich Annemarie in der Klinik wieder einmal aufs Schmerzlichste mit ihrer Einsamkeit konfrontiert. Dass man ihr das Rauchen verbot, provozierte sie, aber dass man ihr, der »schizophrenen Deutschen mit dem unaussprechlichen Namen«[69] auch noch den Kontakt zur Außenwelt untersagte, löste in ihr die wildesten Reaktionen aus, welche die Ärzte in ihrer Diagnose nur noch mehr bestätigten. Carson schrieb der Freundin voll Zuversicht, dass der Klinikaufenthalt Annemarie endlich von ihrer Drogensucht befreien und alles wieder gut würde, aber ihre Briefe wurden der Patientin nie ausgehändigt.

Mehr noch als der Entzug von Drogen war es die vollkommene Isolation, die Annemarie in diesen Tagen an den Rand des Wahnsinns trieb. Keinen Tag länger als nötig wollte »Patientin Bach« im verriegelten Einzelzimmer verbringen, und eines Nachts gelang ihr tatsächlich durch nie ganz geklärte Umstände die Flucht aus dem streng bewachten Gebäude. In Morgenmantel und Pantoffeln irrte Annemarie bei frostiger Kälte durch Wald und Wiesen, bis sie gegen Morgen endlich auf eine Straße stieß und ein mitleidiger Taxifahrer sie unentgeltlich zu Freddi Wolkenberg, einem Bekannten aus der Engadiner Zeit, nach Manhattan fuhr.

Wolkenberg steckte die halb erfrorene Freundin ins Bett und versuchte als erstes, sich mit ihren Freunden in Verbindung zu setzen, jedoch ohne Erfolg. Erika und Klaus hatten gerade anderes zu tun, als sich um eine polizeilich gesuchte Verrückte zu kümmern, und Margot hatte wohlweislich ihre Spuren verwischt: Sie hatte das Hotel Pierre verlassen, ohne ihre neue Adresse zu hinterlassen.[70]

So blieb nur Carson. Aber konnte Annemarie verlangen, dass ausgerechnet die Freundin, die sie so oft zurückgewiesen hatte, eigens für sie aus Columbus nach New York kam? Dass Carson, selbst wieder schwer krank, ihre Gesundheit aufs Spiel setzte, indem sie ihre Erholungszeit im milden Klima von Georgia für sie unterbrach? Offenbar ja, denn kaum hielt Carson Annemaries Telegramm in Händen, bestieg sie den Zug und war im Nu bei ihr.

> »Als ich ankam, spielte [Annemarie] gerade Mozart, immer wieder denselben Mozart. Sie wollte, dass ich verschiedene Leute kontaktiere, auch Margot [von] Opel, und sogar, in ihrer momentanen Irrationalität, Gypsy Rose Lee. Ich versuchte, sie zu beruhigen, aber sie war nicht in der Verfassung, zuzuhören. Ich setzte mich zu Freddy, um die Lage zu besprechen. Während wir ruhig zusammen sprachen, stürzte sich [Annemarie] Türe schlagend in Freddys Badezimmer. Während Freddy und ich verstört und wie versteinert da saßen, sahen wir einen dünnen Blutbach durch die Türschwelle des Badezimmers rinnen, und er sagte zu mir: ›Hol einen Arzt‹«.[71]

Bis Carson einen Arzt gefunden hatte, war die Polizei bereits zur Stelle, zu Annemaries großer Enttäuschung, die glaubte, von Carson verraten worden zu sein.

> »›Warum hast du die Polizei gerufen?‹
>
> ›Ich war's nicht‹, entgegnete ich, aber vor lauter Aufregung konnte ich nicht weiter erklären. Man wollte sie nach Bellevue mitnehmen, doch sie widersetzte sich, während ich verzweifelt auf die Polizisten einredete: ›Habt ihr Polizeileute denn nie jemanden gekannt, der verletzt ist, außer Gefecht? Das Mädchen ist fern von ihrer Heimat und unglücklich. Habt ihr nie einen Freund

> oder Verwandten gehabt, der vorübergehend so unglücklich war, dass er sich das Leben nehmen wollte?‹«[72]

Selbstverständlich vermochte Carsons Fürbitte die Polizisten nicht umzustimmen, sie warteten nur, bis der Arzt Annemaries Pulsadern wieder zugenäht hatte, um sie abzuführen. Carson hielt währenddessen Annemaries Hand, doch als sie ausgeredet hatte, empfahl ihr Wolkenberg, die Wohnung zu verlassen.

> »Wie ich zur Tür hinausging, folgte mir [Annemarie]. ›Danke, mein Liebling (sic.)‹, sagte sie und sie küsste mich. Es war das erste und letzte Mal, dass wir einander küssten.
>
> Viel später erzählte mir Freddy, dass die Polizisten sie die Treppe hinunterzerren mussten, weil sie sich verzweifelt an jedem Geländer festklammerte. Ich hätte das nicht ertragen.«[73]

Carsons etwas melodramatische Erinnerung an ihre letzte Begegnung mit Annemarie lässt sich in dieser Genauigkeit nicht durch andere Quellen untermauern. Ihre Schilderungen mögen überspitzt sein, zeigen aber den Nachhall, den dieses dramatische Erlebnis auf Carson hatte.

Aber in einem Punkt stimmen Carsons Erinnerungen mit den Tatsachen überein: Annemarie wurde an jenem Dezembertag gegen ihren Willen in die berüchtigte psychiatrische Klinik *Bellevue* eingeliefert. Wie es ihr dort in den folgenden drei Wochen erging und wie die Lebensbilanz aussah, auf die sie nach ihrer Entlassung desillusioniert Rückschau hielt, lässt sich am besten ihrem Brief vom 28. Januar 1941 an den Freund Klaus entnehmen, der hier in seiner Vollständigkeit zitiert wird:

»Mein lieber Klaus,
ganz so konsequent und schwer habe ich mir den grausamen Ablauf nicht gedacht – obwohl mir Manches bitter in Erinnerung ist, seit jenem 12. Oktober, als ich hören musste (und wie oft seither) – ich wolle die U.S. nur verlassen, ›um meinen Hals zu retten‹ – ich wusste jedenfalls, dass vom ersten Arzt zur Zwangsjacke nur ein Schritt ist, – und die Panik, einmal ausgebrochen, die alte Panik vor der nackten Gewalt, – war es dann auch nur ein Schritt bis zur Polizei, die mich in die unvorstellbar grausige Massenzelle des Bellevue-Gefängnisses brachte –
Reden wir also nicht davon. Die Furcht bin ich losgeworden, als ich schlichthin und brutal gepeinigt wurde, tagelang – neun Stunden im Dunkeln gefesselt, sechs Tage ohne Zigarette oder heißen Tee –, und plötzlich wusste, dass hier kein menschliches Wort mehr galt, keine Stimme mehr ein Echo fand, jedes Argument und jede Klage nur neue ›Bestrafungen‹ zur Folge hatte – (denk nicht, dass ich übertreibe, K. –, ich erspare mir nur die Details, die man doch *erlebt* haben muss, um sie zu begreifen) –
Mein Bruder hat das Äußerste getan, um mich herauszuholen. Sonst habe ich in diesen drei Wochen von Niemandem gehört. Ich habe mich manchmal gefragt, was Du, auch was Eri Euch wohl vorgestellt haben mögt – *wer* sich meiner wohl annehme, – wer mich aus den Händen der Polizei hole, – oder gibt es solche Grenzen der Freundschaft – dass, wenn Einer wirklich in *trouble* ist, man ihn in *solchem* Elend einfach umkommen lässt. –
Aber lassen wir es. Ich glaube, es war mein grundsätzlicher und schwerwiegender Irrtum, der Irrtum eines

halben Lebens, dass ich immer geworben, gebeten, Hilfe erwartet habe, immer mich beweisen und bewähren, immer eine Antwort wollte. Ein solches Liebesverhältnis zur Welt, wie meines (das sich in meinem Verhältnis zu Margot zuspitzte bis zum bitteren Ende) kann nur mit einer Niederlage enden, oder es muss in Hass umschlagen, – oder man muss einmal die absolute, die schwarze Stille empfinden, und drin die eigene Kraft und Unverletzlichkeit –

Als ich es aufgab, – auch nur an die Vernunft und Güte eines Arztes zu appellieren, – war ich plötzlich frei – Und eine Nacht zuvor war eine Zigarette so unentbehrlich wie in früheren Jahren eine Ampulle: So war im gleichen Moment auch das Geheimnis meiner ›Süchte‹ gelöst: Ich brauche nicht einmal Zigaretten und ich habe mich in wahren Höllenqualen an Provokation und Nervenfolter so beherrscht wie kaum ein anderer gesunder Mensch – Und ich sah die Anderen, meine Leidensgenossen, mit denen ich nichts, nichts, nichts gemein habe, – hörte sie schreien, sich wehren, und flehen: immer um Freiheit, immer an einen Menschen ... und wusste: so habe ich mich bei Margot fast zu Tode gerungen.

Aber diese Freiheit ist herber Natur und teuer erkauft. Mein Bruder war soeben wieder hier, halb am Ende, und treu und liebenswert – Unser einziger Ausweg, den die Ärzte einer Privatanstalt vorschlagen!!!, um mich zu entlassen, ist sofortige Abreise. Ich darf das Datum nicht wissen – aber wenn Du Dich mit Freddi Wolkenberg (Dr. Alfred Wolkenberg, 44 West 56 St) in Verbindung setzt, Tel. Circle 7-3035 – so wird er Dir Details, Tag, Schiff, etc. sagen können –

Ich glaube, alle Kommentare, and *how I feel about it*, erübrigen sich!
Eri vermute ich in Sun Valley – sie hat mich einmal gefragt, ob ich am 28. Januar mit ihr dorthin fahren wollte – Nun ist alles sehr anders –
Aber ich versuche mich an die Oktober-Pläne zu erinnern – Und in diesem Land könnte ich zunächst doch nicht bleiben, es ist alles wie zerschlagen, und ich möchte die Augen abwenden und endlich aufatmen, dort wo man mich nicht als krank erklärt und nicht als wahnsinnig und wo ich mich nicht in dieser allen Stolz tötenden Weise zu beweisen brauche –
Noch Eines, Klaus: Ich sah noch nicht einmal Deine Zeitschrift ... schickst Du sie mir aufs Schiff? Dazu einen Brief, etwa enthaltend, ob es von drüben zu berichten gäbe (in Form von ›Briefen‹ oder so?)
Ich wünsche Dir alles erdenklich Erfolgreiche und Gute, in jeder Beziehung, – und es gibt immer Fehler, wo unsere Schlachten gemeinsame sein werden.

Deine Miro

Adresse in Lissabon Legation de Suisse, später vorläufig Bocken bei Horgen – *Alle* Aufträge bitte aufs Schiff –

Wichtiges P. S. Willst Du bitte das *Emergency Rescue Committee* anfragen, ob ich irgendetwas in Lisbon, Madrid oder in der Schweiz erledigen kann – Und schreib mir auf jeden Fall genaue Adresse und Namen des Committees auf! Vielen Dank! Und alles *vor weekend*!«[74]

Klaus seinerseits quittierte Annemaries Erfahrungen in *Bellevue* mit gewohnt lapidarer Kühle:

»Trauriges über Miro. Die Zwangsjacke, die geöffneten Pulsadern, das Rettungsautomobil, die geschlossene Anstalt, die Flucht, das Toben, wieder die Zelle, so also enden diese zarten Dramen in dieser unbarmherzigen Zeit.«[75]

Das afrikanische Abenteuer

Annemarie verließ Amerika Anfang Februar 1941, ohne von Carson Abschied genommen zu haben. Die Gelegenheit, sich über die Zukunft zu besprechen, war verpasst, alles zwischen ihnen blieb offen, getrennte Wege zeichneten sich ab, die, so wussten beide, wegen der Kriegssituation so schnell nicht wieder zusammenfinden würden. Es galt, sich in Geduld zu üben und den Trennungsschmerz, der bei Carson gewiss sehr viel tiefer wurzelte als bei Annemarie, durch Schreiben zu betäuben. Beide sahen darin im ideellen Sinne eine Art Hommage an die andere, ja eine höhere Verpflichtung, in deren Ausübung sie sich miteinander verbunden fühlen konnten. Schreiben war gewissermaßen der Ausdruck ihrer Liebe geworden, und sie widmeten sich ihm fortan denn auch, ihrem Charakter entsprechend, mit vollem Einsatz – Carson verbissen, auf den Erfolg zielend, und Annemarie, noch immer von ihren alten Zwiespälten und Selbstzweifeln geplagt und mehr denn je auf Rückzug aus, ihre inneren Seelenräume ausleuchtend.

Afrika, so erhoffte sich Annemarie, würde ihr die richtige Umgebung für den geplanten Rückzug ermöglichen, doch bevor sie sich das Abenteuer zumutete, wollte sie die Möglichkeiten einer Journalistenkarriere in Lissabon prüfen. Während ihrer Schiffsreise nach Lissabon erschien in New York Carsons zweiter Roman *Spiegelbild im goldnen Auge* mit einer Widmung an sie. Annemarie war psychisch indessen noch nicht so weit, sich auf ein längeres belletristisches Werk einzulassen, doch immerhin erwiesen sich die ersten Monate des Jahres für sie als eine Phase intensiver journalistischer Tätigkeit. Unmittelbar nach ihrer Ankunft in Portugal begann sie, Artikel über Land und Leute in Schweizer Zeitungen zu publizieren: Texte, in denen eine gewisse Ruhe und Zufriedenheit zu spüren sind, die stark mit der düsteren Stimmung ihrer Amerikazeit kontrastieren.

»Von allen Städten, die ich kenne«, schreibt sie in *Rückkehr nach Lissabon,* »hat mich, als ich sie zum ersten Mal betrat, keine so gut empfangen wie Lissabon.«[76] Dies verdankte sie nicht zuletzt dem Freund Henri Martin, den Annemarie aus Ankara kannte und der vor kurzem als Schweizer Botschafter in Portugal akkreditiert worden war. Martin erkannte, dass sich Annemarie am besten durch diszipliniertes Arbeiten von ihrem depressiven Zustand befreien würde und vermittelte ihr regelmäßig journalistische Aufträge, die sie zwangen, sich mit der sozialen und politischen Realität Portugals auseinanderzusetzen und somit den inwärts gerichteten Blick aufzugeben. Aus Martins Briefen in die Schweiz wird deutlich, dass er ihre Arbeiten schätzte und sich nach bestem Willen bemühte, ihr eine Korrespondentenstelle in Lissabon zu verschaffen.

Langsam kehrte Annemaries Lebenswille zurück und mit ihm auch der Hunger nach Abenteuern in fernen Ländern. Afrika lockte sie, doch verweilte sie drei Wochen in Lissabon, ohne konkrete Schritte in diese Richtung einzuleiten; auch die Perspektive, sich langfristig in Portugal niederzulassen, hatte ihren Reiz. Das traurige Paradies Saint-Exupérys empfand Annemarie in diesem Kriegsjahr als »den letzten freien Hafen Europas«. Krieg hin oder her, bedeutete die Stadt für sie Erholung in einer lange vermissten europäischen und lieblich mediterranen Atmosphäre, was sich in ihren Beschreibungen niederschlägt und vielleicht auch bis zu einem gewissen Grad die für sie so ungewöhnlich milden Kommentare über das damalige Salazar-Regime erklärt. So schreibt sie etwa im April 1941, das Land lebe »unter dem demokratischen, jedoch autoritären und weisen Regime von Salazar, den man keinen ›Diktator‹, sondern eher einen ›demokratischen Vermeider der Diktatur‹ nennen kann«.[77] Dieser Tonfall befremdet aus der Feder einer durch und durch überzeugten Antifaschistin.

Bevor Annemarie die Reise nach Afrika verwirklichte, kehrte sie im März, wie ursprünglich geplant, in die Schweiz zurück, hielt es im Elternhaus aber nicht länger als einen Monat aus. »Bocken hat sich ein bisschen verändert seit Papas Tod«, schrieb sie am 23. März an Ella Maillart.[78] Die Mutter war durch den Tod des Gatten offenbar kein bisschen versöhnlicher geworden; sie belastete die Tochter mit ihren Geldproblemen und warf ihr wiederholt ihren Drogenkonsum vor. Gerade diesen Vorwurf aber wollte sich Annemarie nicht mehr gefallen lassen, glaubte sie sich doch nach der eben durchgestandenen drakonischen Behandlung in *Bellevue* ein für allemal von ihrer Sucht befreit. Die Auseinandersetzungen zwischen Mutter und Tochter nahmen kein Ende, und aus Rücksicht auf Renée Schwarzenbachs strapazierte Nerven wurde Annemarie schließlich von der Familie nahegelegt, Bocken zu verlassen. Nicht nur dem Elternhaus kehrte sie nun verbittert den Rücken, sondern gleich der ganzen Schweiz, ja Europa; ihre Wege führten sie diesmal nach einem kurzen Aufenthalt in Lissabon nach Afrika, wo »ich einen neuen Teil der Welt entdecken und lernen werde, allein zu leben.«[79]

Am 10. April, dem Tag vor ihrer Abreise aus Bocken, brachte ihr die Post ein kleines Paket aus Amerika: Carsons Roman *Spiegelbild im goldnen Auge*, dessen Widmung, so befürchtete Annemarie in einem plötzlichen Anfall von Selbstzweifeln, vielleicht die einzige Spur bleiben würde, die sie in Amerika hinterlassen werde. Das Buch komme deshalb wie ein Symbol in ihr Leben, schrieb sie Carson in ihrem Dankesbrief. Sie hatte noch in der Nacht davor an jenes erste Mittagessen in New York gedacht, an dem sie zusammen über den Roman diskutiert hatten, und nun hielt sie das gedruckte Werk in Händen.

> »Ewigen Dank. Falls ich zurückkehre, werde ich es übersetzen, wenn Du einverstanden bist. Carson, erinnere Dich an die Momente, da wir uns verstanden, und daran, wie sehr ich Dich geliebt habe. Vergiss nicht die ungeheure Verpflichtung auf die Arbeit, lass Dich nie verführen, schreibe, und, Liebes, pass auf Dich auf, wie auch ich es tun werde (ich habe in Sils geschrieben. Nur ein paar Seiten. Du würdest sie mögen), und bitte, vergiss nie, was uns zutiefst berührt hat.«[80]

Im Gegensatz zu Carsons Erstling, stieß *Spiegelbild im goldnen Auge* bei den Kritikern nicht auf vorbehaltlose Begeisterung. Stil und Komposition des Romans wurden zwar gelobt, aber man beanstandete darin die obsessive Akzentsetzung der Autorin auf Abnormes und gesellschaftlich Untolerierbares – etwa Voyeurismus, latente Homosexualität und Ehebruch – sowie die an Absurdität grenzende Realitätsferne; wegen letzterer riet man ihr gar, sich an

Mark Twains und Tschechovs Prosa ein Beispiel zu nehmen. Carsons Meinung über ihre literarischen Fähigkeiten war inzwischen jedoch gefestigt genug, als dass sie solche hämischen Bekrittelungen in ihrem Selbstvertrauen hätten treffen können. Nicht einmal die Drohungen eines Mitglieds des Ku Klux Klans, das ankündigte, sie umzubringen, weil sie sich in ihrem ersten Buch als *nigger-lover* und in ihrem zweiten als *queer* ausgewiesen habe, vermochten sie einzuschüchtern. Carson hatte im Moment ganz andere Sorgen, als sich um ihr Image zu kümmern. Im Februar, während sie im Elternhaus ihre kranken Atemwege kurierte, erlitt sie eines Morgens einen Hirnschlag – ihren ersten, auf den in späteren Jahren noch weitere folgen sollten –, der sie vorübergehend ihrer Sehkraft beraubte und wochenlang in ihrer Bewegungsfreiheit einschränkte. Kaum fühlte sie sich jedoch imstande, sich wieder an die Schreibmaschine zu setzen, machte sie sich an die Arbeit, schrieb Artikel und Kurzgeschichten, etwa für *Vogue, Harper's Bazaar* und die *Saturday Review*, und nahm voll Enthusiasmus den Roman wieder auf, den sie diesen Winter begonnen hatte und der sich, wie sie meinte, möglicherweise als ihre beste Prosaarbeit entpuppen würde.

Der neue Krankheitsschub brachte indessen, was Carsons Zukunft anbelangte, eine Besorgnis erregende Perspektive auf den Plan. Carson war gerade erst vierundzwanzig Jahre alt und gesundheitlich schon so angeschlagen, dass sie die Möglichkeit einer frühzeitigen Invalidität ernsthaft in Betracht ziehen musste. Diese Aussicht muss Carsons Mutter bewogen haben, Reeves nach Columbus zu holen, der, einsam und nach wie vor eher orientierungs- und perspektivlos, dankbar war, dass ihm plötzlich von unerwarteter Seite ein Lebenssinn suggeriert wurde. Er reiste sogleich an und versprach, neben seiner Arbeit als Versicherungsagent, für Carson zu kochen, den Haushalt zu besorgen, sie zu pflegen und ungeachtet der früheren Spannungen immer bei ihr zu bleiben. Aufgrund dieses Versprechens ließ Mrs. Smith die halbwegs genesene Tochter im April beruhigt mit Reeves zurück nach New York ziehen, ins alte Apartment an der West 11th Street, wo Carson zu Reeves' Freude sogar einwilligte, ihrer Ehe eine zweite Chance zu geben.

Was dies jedoch in Wirklichkeit bedeutete, strapazierte bald wieder Reeves' Toleranzgrenze. Carson hatte die Freiheit nicht vergessen, die sie im letzten Sommer in der Wohngemeinschaft von Brooklyn genossen hatte, und dachte nicht im geringsten mehr daran, die brave Frau am Herd zu spielen. Sie war jetzt eine arrivierte Schriftstellerin, die unter ihresgleichen verkehren wollte und das Leben an Reeves' Seite eher als praktisches Arrangement auffasste, um nicht mehr mit lästigen und Zeit verschwendenden Haushaltssorgen belastet zu werden. Sie suchte nun vor allem Kontakt zu Klaus Mann und den Literaten, die mit ihm an der Herausgabe seiner neuen Exilzeitschrift *Decision* arbeiteten oder darin publizierten. Durch ihn lernte sie berühmte Schriftsteller kennen wie Sherwood Anderson, Somerset Maugham und Julian Green und zögerte nicht, mit ihnen die Nacht durchzuzechen. Dabei verlor sie keinen Gedanken an den Ehemann, der zu Hause auf sie wartete, und wenn sie am nächsten Tag in der Wohnung auftauchte, hielt sie es meist nicht für nötig, zu erklären, wo und mit wem sie die Nacht verbrachte hatte. Wie schon während ihres früheren Zusammenlebens bewahrte Reeves nach außen eine bewundernswerte Ruhe, doch beobachteten gemeinsame Freunde hier und da auch wüste Szenen der Gewalt zwischen ihnen – vor allem wenn beide betrunken waren, was inzwischen fast täglich der Fall war.

In diesen chaotischen Wochen zunehmender Entfremdung trat, wie durch ein Wunder, ein Musiker in beider Leben, der die Eheleute wieder in eine jener Dreierkonstellationen zusammenführte, wie Carson sie liebte. David Diamond und Carson lernten sich im Mai auf einer Party von Klaus Manns Assistentin Muriel Rukseyer kennen, und es entwickelte sich zwischen ihnen vom ersten Augenblick an eine intensive Beziehung, die, schwebend zwischen erotischer Anziehungskraft und platonischer Seelenverwandtschaft, Carson vorübergehend über Annemaries Verlust hinwegtröstete. Diamond war ein Jahr älter als Carson und hatte sich in der New Yorker Musikszene mit seinem virtuosen Geigenspiel und verschiedenen Kompositionen bereits einen Namen gemacht. Mit Carson teilte er die Liebe zur Musik, doch fühlte er sich fast ebenso stark zum sanftmütigen Reeves hingezogen, eine Tatsache, die in ihm eine über Jahre andauernde Verwirrung stiftete. Seinem Tagebuch vertraute er am 22. Mai an:

»Jetzt bin ich *dieser* Liebe begegnet – dieser liebenswerten Kindsfrau – deren Einsamkeit mich im Moment, da ich Muriel Rukseyers Wohnung betrat, getroffen hat. Ich kann hier nicht mehr über Carson schreiben. Ich gab ihr meinen Ring, über den sie Auskunft wollte. Ich habe ihren Mann kennen gelernt, den ich jetzt liebe. Wie wir die Tage zusammen verbringen, werde ich mehr über sie erfahren. Ich frage mich, welches mein Schicksal bezüg-

> lich Carson sein wird. (...) und ich weiß, dass ich diese beiden Menschen liebe. Es ist große Liebe, die ich fühle. Sie wird mich nähren oder zerstören.«[81]

Carson war schon nach wenigen Tagen gewillt, Diamond zur »Familie« zu zählen, und sowohl Reeves als auch sie begannen, sich an ihn zu klammern und ihn zu vereinnahmen, wohl in der unbewussten Hoffnung, dass er ihr Zusammenleben erträglicher machen würde. Diamond verbrachte bald mehr Zeit bei den McCullers als in der eigenen Wohnung; oft übernachtete er bei ihnen, schlief mit Reeves im Ehebett, während Carson mit dem Campingbett vorlieb nahm, und wenn Reeves am Morgen zur Arbeit gegangen war, kuschelte sich Carson wie ein kleines Kind in Diamonds Arme, die Geborgenheit suchend, die sie bei Reeves nicht mehr finden konnte. So wurde Diamond, ehe er es sich versah, in dieser seltsamen *Ménage à trois* die Rolle des Fürsorgers und Trösters zuteil und manchmal auch jene des Schlichters, die er, wenn die Spannungen zwischen Reeves und Carson bis zu Handgreiflichkeiten eskalierten, mit Taktgefühl erfüllte.

Mehr noch als die prekäre psychische Stabilität verdankte Carson ihrem neuen Bekannten jedoch vor allem die Möglichkeit, den Sommer als *Artist in Residence* in der Künstlerkolonie *Yaddo* zu verbringen. Die 1900 gegründete Anlage mit über fünfzig Zimmern, wunderbaren Parks und Seen lag nördlich von New York außerhalb Saratoga Springs und beherbergte jeweils in zwei Staffeln rund zwanzig Künstler für die Zeitdauer eines Monats. Diamond hatte den letzten Sommer dort verbracht und überzeugte nun Carson mit schwärmerischen Schilderungen, sich für einen Aufenthalt zu bewerben. Carson zögerte nicht: *Yaddo* bedeutete Freiheit, kreative Entfaltung und vor allem die dringlich notwendige Distanz von Reeves. Da auch Diamond mit von der Partie sein würde, war Carson überglücklich, als ihre Bewerbung angenommen wurde.

Carson war inzwischen in ihrer Alkoholsucht so weit, dass sie morgens während des Schreibens den Tee in ihrer Thermosflasche mit viel Sherry anreicherte und auch fern von ihrem Schreibtisch fast nur noch mit einem Glas in der Hand anzutreffen war. Schriftsteller, die über die Jahre verschiedentlich mit Carson in der *Yaddo Artist's Colony* wohnten, zeichneten das Bild einer stets beschwipsten Frau, welche ihre Abende gern in den Bars zubrachte und auch in der Kolonie selbst kaum eine Gelegenheit verpasste, sich zu betrinken.

Bezüglich Annemarie war Carson jedoch ziemlich ruhig. Die Nachrichten aus der Schweiz und der erste Brief aus dem Kongo schienen zu bestätigen, dass die Geliebte von der Droge losgekommen war und sich nun mit positivem Engagement ihren neuen Lebensaufgaben stellte. »Sie muss vollkommen von ihrer Sucht geheilt gewesen sein«, schreibt Carson in ihren Memoiren. »Ihre Briefe waren energisch und poetisch.«[82] Vor allem die Beschreibungen der exotischen Schauplätze und des abenteuerlichen, ja gefährlichen Lebens, das Annemarie allein im belgischen Kongo bewältigte, beeindruckten Carson. Sie zitierte malerische Stellen aus deren Korrespondenz und gab hier und dort auch besonders aufregende Anekdoten zum Besten, mit denen Annemarie ihre Briefe aus dem Kongo würzte; so etwa die Geschichte einer alten hässlichen Frau, die ihren Ehemann getötet und gegessen hatte, oder jene über die Statue, die ein Kongolese von Annemarie angefertigt hatte und die dann von der Bevölkerung als Gottheit verehrt wurde. Annemarie war in diesem ersten Sommer in *Yaddo* jedenfalls immer in Carsons Gedanken und es scheint fast, dass sie mit ihrer Verehrung für die Abwesende den Künstlerkollegen bisweilen auf die Nerven ging. Der Freund Ed Newhouse erinnert sich beispielsweise:

> »Sie mochte nicht oft hören, was andere sagten. Die Spanne ihrer Aufmerksamkeit schien die eines kleinen Kindes. Und wenn sie wieder einmal, sagen wir, ein Loblied auf jenes Schweizer Mädchen Annemarie Clarac-Schwarzenbach anstimmte, konnte keiner sie halten. Annemarie war liebenswürdig, Annemarie war charmant und witzig, Annemarie war die schiere Bezauberung, die Essenz von, nun, des Kontinentalen. ›Welches Kontinents?‹ fragte ich. Carson antwortete: ›Mach dich über Gott lustig. Mach dich lustig worüber du willst. Nicht über Annemarie.‹«[83]

Carsons Meinung nach verzehrte sich die Freundin im Zwiespalt, zurückgezogen in ihrem Schweizer »Bauernhaus« zu schreiben oder an gefährlichen Kriegsschauplätzen journalistische Aufklärungsarbeit zu leisten. Ihren Aufenthalt im Kongo zählte sie zu letzterem, hatte ihr Annemarie doch aus der Kolonialstation Lisala – 800 Kilometer von Leopoldville entfernt – Ende Juli geschrieben:

> »Ich war fünf Wochen dort [in Leopoldville] und Brazzaville, der Hauptstadt des Freien Frankreichs, und ich werde zurückkehren für mehr Propagandaarbeit am Radio und in der Presse. Ich hoffe, weiter über den Sudan nach Ägypten reisen zu dürfen, in echtes Kriegsgebiet.«[84]

Eine präzisere Vorstellung dessen, womit sie sich im tiefsten Afrika nützlich machen wollte, zeichnete Annemarie im ersten ihrer drei aus dem Kongo erhaltenen Briefe an Erika, womöglich mit dem Hintergedanken, ihr geliebtes Vorbild zu beeindrucken:

»Und innerhalb kürzester Zeit werden wir vielleicht damit anfangen, deutsche Sendungen von *Radio Brazzaville* auszustrahlen. Du weißt ja von der Tätigkeit, die Du letztes Jahr in London gemacht hast, wie wichtig diese Waffe werden könnte! Sendungen für Kanada und die Vereinigten Staaten laufen schon – wir müssen sie um 3 Uhr und 3.45 Uhr nachts senden, damit Ihr auch zu einer vernünftigen Stunde zuhören könnt. Nazisender geben sich große Mühe, unsere Sendungen zu stören, aber wir geben uns noch größere Mühe, sie zu bekämpfen.«[85]

So einfach, wie Annemarie es glauben lassen wollte, war ihre Situation im Kongo indessen nicht.

Sowohl in Leopoldville als auch Brazzaville verdächtigte man die deutsch schreibende Schweizerin mit französischem Pass, eine deutsche Spionin zu sein und hinderte sie daran, sowohl die Sendungen auszustrahlen, von denen sie Erika so hoffnungsvoll erzählt hatte, als auch vor Ort Artikel politischen Inhalts zu publizieren. Selbst die Reise nach Ägypten, in echtes Kriegsgebiet, kam nicht zustande. Erst nach ihrer Rückkehr in die Schweiz konnte sie im April und Mai 1942 ein paar Artikel über den Kongo in der *Basler National Zeitung* veröffentlichen. Im Laufe des Jahres, das Annemarie abwechselnd im belgischen und französischen Kongo verbrachte, musste sie sich jedoch immer wieder Verhören unterziehen und Erklärungen über ihre Vergangenheit und politischen Ansichten abliefern. Zeitweise hatte es fast den Anschein, als wollte man Annemarie ihre journalistische Arbeit verbieten.

Im unveröffentlichten Typoskript *Beim Verlassen Afrikas* analysiert sie ihre Situation in einer Weise, die den Verdacht auf einen latenten Verfolgungswahn zulässt oder zumindest zeigt, wie präsent die schlimmen Erfahrungen in der Bellevue-Klinik noch waren.

> »Es steht außer Frage, dass dieser fatale Kreislauf bis zu meiner Internierung hätte führen können, ohne dass ein legales, d. h. automatisches Mittel mich hätte schützen können. Ich habe andere, tragische Fälle kennen gelernt, die so geendet haben. Die krasse Tatsache, dass ich trotz meiner grundlegenden antifaschistischen Überzeugung als Nazi-Agent verdächtigt wurde, schien mir bald bedeutungslos: denn die Kreise, die über mich urteilten und in deren Hand ich war, gingen von einem rein politischen und ›weltlich‹-praktischen Gesichtspunkt aus, den ich tatsächlich, wie ich jetzt begreifen lernte, niemals teilen konnte.«[86]

Annemarie mag in Afrika wegen ihres unkonventionellen Lebensstils in den Kreisen, von denen sie spricht, argwöhnisch aufgenommen worden sein, aber für eine konkrete Anschuldigung, die zu ihrer Internierung hätte führen können, gibt es nirgends Beweise.

Dringlicher noch als die fehlgeschlagene Hoffnung, aus dem fernen Afrika subversiv gegen die Nazis agieren zu können, erwies sich für Annemarie das Bedürfnis, ihrer Sehnsucht nach innerem Rückzug schriftlich Ausdruck zu geben. Die letzten Briefe an Carson enthalten auffallend viele Stellen, in denen sie der Freundin ihr wachsendes Misstrauen gegenüber der äußeren, objektiven Wirklichkeit mitteilt; dieser stellt sie nun eine innere, reine Wahrheit gegenüber, die es zu behüten und entfalten gilt.

»Manchmal, wenn ich meine Aufmerksamkeit, Energie und meinen Aufwand auf diese ›weltlichen Angelegenheiten‹ richten musste (da es hier notwendig schien, um meinen Ruf aufzubauen, um einen Platz in der Gesellschaft zu schaffen, von der ich abhänge, und mir eine Chance zu sichern, in diesem Krieg, den wir gewinnen müssen, zu arbeiten ...) – wurde ich nicht nur müde und ekelte es mich leicht an, – ich fühlte in der künstlichen ›Wirklichkeit‹ des zivilisierten menschlich-gesellschaftlichen Lebens, dass ich in der Tat weit entfernt von der tieferen Wirklichkeit war, von allem, was meine Seele lieben, verstehen, umfassen will. Ich fühlte, meine Augen von Kleinigkeiten angezogen, meine Ohren auf Geräusche horchend, meine Aufmerksamkeit auf kleinliche oberflächliche Gegebenheiten fixiert, – dass ich die Fähigkeit des Sehens verlor, ich hörte den Wind und die Musik der sich bewegenden Erde nicht mehr, und ich verlor die tiefe Konzentration und die intensive Suche nach der Wahrheit. So wie ich meine Sprache verdarb, indem ich sie für Konversationen benutzte und missbrauchte, die voll von Konzessionen an die Kleinlichkeit unseres menschlichen Austauschs waren.«[87]

Dieses Bedürfnis, sich vom Weltlichen abzukehren und zum verlorenen inneren Frieden zurückzufinden, inspirierte Annemarie zu ihrem letzten Roman, *Das Wunder des Baumes,* den sie am 22. Oktober 1941 in Leopoldville zu schreiben begann. Die Hauptfigur Marc zeichnet Annemarie als kaum retuschiertes Alter Ego, und seine Geschichte folgt in groben Zügen ihrer eigenen Biografie. Wie Annemarie ist auch er in der Schweiz aufgewachsen, hat

Sucht- und Beziehungsprobleme und wird in ein Gefängnisspital interniert; und wie sie selbst sucht auch er zuletzt im Herzen des schwarzen Kontinents Ruhe und Stille für seine verzweifelte Seele. Diese Suche vollzieht sich auf dem Umweg der Naturbetrachtung, die, wie der Titel des Romans andeutet, durch ein gleichsam mystisches Erlebnis mit einem Baum ausgelöst wird.

Annemarie schrieb zwei Kapitel ihres Romans in Leopoldville, flüchtete aber vor der Hitze nach dem höher gelegenen Thysville, von wo aus sie Carson am 29. Dezember schrieb:

»Und in traurigen und einsamen Stunden stelle ich mir vor, wie unmittelbar und mit welch unendlicher Zärtlichkeit Du und ich einander verstehen würden. Du bist die einzige Schriftstellerin, die über die schwierige Aufgabe und den Prozess unseres Berufs in gleicher Weise denkt, als wären wir Brüder, – und das sind wir.

Zu denken, dass wir einander in Mexiko oder wo auch immer sehen könnten, Carson Liebling, ist zu früh, so lange der Krieg andauert. Aber das hat keine Bedeutung. Ich fürchte mich nicht mehr, und ich wünsche, dass Du ebenso fühlen kannst. Ich denke auch, dass Du die Einzige bist, die mein Buch übersetzen wird, es wird Dir gefallen. Und ich hoffe, Deines zu übersetzen. Dein Gedicht *The Twisted Trinity* könnte das Motto meines Buches sein, – das mit einem Mann beginnt, der einen Baum betrachtet und die augenblickliche Symmetrie des Baumes, seiner Seele, und Gottes Schweigen zu finden versucht.«[88]

The Twisted Trinity, Carsons erstes veröffentlichtes Gedicht, erschien in der Novemberausgabe von Klaus Manns Zeitschrift *Decision* und wurde später von David Diamond vertont. Nicht nur Annemarie empfand die thematische Verwandtschaft des Gedichts mit ihrem Roman als Beweis ihrer psychischen Verbundenheit über Raum und Zeit; auch Carson sah in Annemaries Briefen die eigenen seelischen Erfahrungen so klar gespiegelt, dass sie das Gefühl der inneren Verwandtschaft – dieser Verbrüderung, die Annemarie in ihrem Brief erwähnt – mit der fernen Geliebten in jenem Winter 1941/42 trotz der Distanz geradezu euphorisch stimmte.

Die thematischen Parallelen von Carsons Gedicht *Die verdrehte Dreiheit* und vieler Briefpassagen von Annemarie sind in der Tat augenfällig. Sie finden ihren Niederschlag sogar in sprachlichen Formulierungen, wie etwa im Begriff der »augenblicklichen Symmetrie«, mit dem beide, Carson und Annemarie, eine spontane Identifikation des Ichs mit der Natur bezeichnen.

Die verdrehte Dreiheit

Es gab eine Zeit, da Stein Stein war
ein Gesicht in der Straße ein fertiges Gesicht
und ein Blatt, meine Seele und Gott allein:
augenblicklich Symmetrie.

Nun geht alles fehl, die Dreiheit ist verdreht.
Stein ist nicht Stein. Gesichter wie gebrochene Traumfiguren
sind nicht ganz.
Bis im unfertigen Gesicht des Kindes ich erkenne:
deine Augen.
Der Soldat steigt am Abend die Treppe hinauf, hinterlässt
deinen Schatten.
Nun fügt dem herbstlich-sanften Hang, dem schiefen Stern
der vertriebene Verstand ein neues Maß hinzu:
Etwas von dir.[89]

Beide Schriftstellerinnen waren offenbar gleichzeitig bemüht, gebrochene Traumfiguren in ihrem Innenleben wieder ganz zu machen. Carson hatte in *Yaddo* ihren Roman *Die Ballade vom traurigen Café* beendet und damit nicht nur den Trennungsschmerz und das Gefühl der inneren Zerrissenheit verarbeitet, die Annemaries Abreise aus New York in ihr verursacht hatte, sondern auch anhand einer dramatischen Dreiecksgeschichte für sich eine erträgliche Auslegung der eigenen Situation als Verlassene erarbeitet. Liebende und Geliebte stehen, was die Qualität und Intensität ihrer Gefühle anbelangt, in einem Ungleichgewicht, das ersterer die größere Bürde an seelischen Qualen auferlegt, durch das Leiden aber auch zugleich die Möglichkeit bietet, sich innerlich zu entwickeln und zu einer Bejahung des einseitigen, isolierten Liebesgefühls zu finden.

> »Oftmals löst der Geliebte nur all die aufgespeicherte Liebe aus, die bis dahin so lange im Liebenden geschlummert hat. Und irgendwie ahnt das auch jeder Liebende. Er fühlt es in seinem Herzen, dass seine Liebe ihn vereinsamt. Er erlebt eine neue, seltsame Einsamkeit, und er leidet unter dieser Erfahrung. Es bleibt dem Liebenden also nur eins zu tun: er muss der Liebe nach besten Kräften Herberge in sich gewähren; er muss sich eine vollständige, neue Welt in seinem Innern aufbauen, eine starke und eine eigentümliche Welt, die an sich selbst Genüge hat. (...) Deshalb gelten Wert und Eigenart einer Liebe einzig vom Liebenden her.«[90]

Gesundheitliche Probleme, die sie auf längere Zeit am Schreiben hinderten, blieben Carson auch in diesem Winter nicht erspart. Nach einem Abstecher nach Kanada mit zwei Schriftstellerkollegen und einem weiteren Monat in der *Yaddo Artist's Colony* kehrte sie im Oktober zu den Eltern nach Columbus zurück, wo sie wegen einer doppelten Lungen- und Brustfellentzündung mehrere Wochen das Bett hüten musste. Diesmal war Reeves' Hilfe jedoch nicht gefragt. Carson musste zu ihrem Entsetzen feststellen, dass Reeves während ihres Aufenthaltes in *Yaddo* begonnen hatte, Schecks auf ihren Namen zu fälschen und in kürzester Zeit das kleine Vermögen, das sie sich mit dem Verkauf ihrer Bücher zusammengespart hatte, ausgegeben war. Ihre Reaktion war kompromisslos: Sie beantragte umgehend die Scheidung, und Reeves zog vorübergehend zu Diamond.

Im Februar 1942 war Carson genug bei Kräften, um die Arbeit an ihren Texten wieder aufzunehmen. Sie beendete den ersten Teil des Romans mit dem provisorischen Titel *Die Braut*, der sie schon seit zwei Jahren quälte, und schrieb die Kurzgeschichte *Ein Baum. Ein Felsen. Eine Wolke*, in dessen Mittelpunkt sie einfachste Wahrnehmungen der Natur stellte, um zu zeigen, wie der Mensch an ihnen seine Empathie entwickeln könne, bevor er für die Liebe zu einem Menschen reif sei. Von seiner Frau nach einem Ehejahr verlassen, entwickelt die Hauptfigur der Geschichte eine eigene Liebeswissenschaft, um den Verlust kreativ zu verarbeiten und an seiner Einsamkeit nicht zu verzweifeln. Gradweise lernt er die Welt wieder zu lieben, erst einen Baum, einen Felsen und eine Wolke, dann belebte Wesen, bis er zuletzt alles lieben kann:

> »Ich sehe eine Straße mit vielen Menschen, und ein schönes Licht erfüllt mich. Ich beobachte einen Vogel in den Lüften. Oder ich begegne einem Wanderer auf der Landstraße – einerlei, was, Son (sic.), und einerlei, wer es ist. Alles ist fremd, und alles liebe ich.«[91]

Annemaries Brief von Ende Dezember des vorigen Jahres hatte Carson noch nicht erreicht, und so konnte sie nicht wissen, dass die Freundin in Afrika zur gleichen Zeit sehr ähnliche visionäre Erlebnisse zu Papier brachte. Als Carson schließlich den Brief erhielt und las, dass Annemarie die Idee ihres neuen Romans aus der Betrachtung eines Baumes heraus zu entwickeln gedachte, fühlte sie sich mehr denn je in ihrem Glauben bestätigt, dass Annemarie die zwingende Ergänzung ihrer fragmentierten Persönlichkeit war.

In ihrem Roman *Das Wunder des Baumes* entwirft Annemarie eine Suche der Hauptfigur Marc nach vermehrter Innerlichkeit, die mit der Prämisse des ›geringsten Anfangs‹ jener sehr ähnlich ist, welche Carson in ihrer Kurzgeschichte *Ein Baum. Ein Fels. Eine Wolke* darstellt:

> »Sollte der Baum und Prozess ihn so weit bringen, ein Wort auszusprechen, gar ein Gedicht zu schreiben, dann müsste er am Anfang beginnen (...) nur noch dem Strom lauschen, nur noch den Baum erblicken, wie himmlische Musik. Er durfte Hunger und Durst nicht mehr spüren, keine Liebe und keinen Hass mehr empfinden, noch die Hitze dieses lähmenden Landes, noch die Fremde, er musste seine Verzweiflung eindämmen, er durfte weder Zweifel noch Furcht kennen, – er durfte, um sich dem geringsten Anfang zu widmen, kaum mehr ein Mensch sein.«[92]

In jenem Frühling, in dem sie mit *Ein Baum. Ein Felsen. Eine Wolke* das Rezept gefunden hatte, den Liebesschmerz in ein positives, erfüllendes Erlebnis umzuwandeln, musste Carson jedoch einsehen, dass ihre Theorie nicht so ohne weiteres auf das wirkliche Leben übertragbar war. Annemarie fehlte ihr, und sie war plötzlich von Ängsten geplagt, die Freundin nie wieder zu sehen. Annemarie versuchte die Freundin in einem Brief vom 10. April 1942 zu beruhigen:

> »Sag nicht, dass wir einander nicht mehr begegnen werden. Das ist auch bloß eine müßige Frage, – aber ich lebe mit dem intensiven Wunsch nach Liebe und Freundschaft zu Dir, – das Gefühl, dass Du lebst und mich liebst, – dass Du im selben absoluten Geist schreibst, – und dass Deine Bücher besser und reiner sein könnten als meine. Könnte sein, – das ist eine Hoffnung und ein Trost für mich. Liebling, seien wir bereit, einander zu treffen – wann immer es möglich sein wird. Und tue, wie Du schreibst, tue alles, um zu genesen. Beeil Dich nicht mit Schreiben. Tatenlosigkeit, wenn Deine Seele rein und offen ist, – ist nicht schlecht und sogar besser als jede falsche Tat. Und die einzige Tat für uns ist, was unser inneres Ich ausdrückt. Jenes, das ich in Dir liebe, als wärst Du meine Schwester.
> Ich küsse Dich – Deine Annemarie«[93]

Trotz ihrer Suche nach innerer Ruhe und Ausgeglichenheit vermochte Annemarie in der afrikanischen Isolation die Verfolgungsangst, die sie seit New York quälte, nicht mehr ganz abzuschütteln. Als sie sich zur Rückkehr nach Europa entschloss, befürchtete sie, wegen des politisch explosiven Inhalts ihrer Schriften von den Kolonialbehörden an der Ausreise gehindert zu werden und unterbreitete ihnen freiwillig ihren Roman *Das Wunder des Baumes,* gewissermaßen um der Zensur vorzubeugen. In ihrem unveröffentlichten Text *Beim Verlassen Afrikas* erzählt sie, dass der Kabinett-Chef ihre Geste als »luxuriös, weltfremd und folglich wohl überflüssig« abgetan habe.[94] In Kriegszeiten hatte niemand weder Zeit noch Muße, sich um ihre lyrische Prosa zu scheren.

Weltfremd mochte Annemarie im Laufe der letzten Monate geworden sein, aber was die Planung ihrer unmittelbaren Zukunft betraf, bewies sie, kaum war sie am 14. März 1942 in Luanda an Bord des portugiesischen Schiffes *Quanza* gegangen, pragmatische Klarsicht. Sie hatte aus der Schweiz die Nachricht vom Tod ihrer Großmutter erhalten und plante, sich endlich ihren langjährigen Wunsch zu erfüllen und mit ihrem Erbschaftsteil das Haus in Sils zu kaufen. Doch vorher wollte sie die Scheidung von ihrem Mann, der seit zwei Jahren als französischer Konsul in Marokko tätig war, und vereinbarte mit ihm ein Treffen in Rabat.

Die Reise führte sie erst nach Lissabon, wo der Schweizer Botschafter Henri Martin sie wie ein Jahr zuvor mit großer Herzlichkeit bei sich aufnahm und sich wieder persönlich einsetzte, ihr eine fixe Arbeit als Zeitungskorrespondentin zu sichern. Diesmal schien sich die Möglichkeit für Annemarie konkret abzuzeichnen, ab Herbst in Lissabon für die *Weltwoche* zu arbeiten.

Mit dieser erfreulichen Aussicht reiste Annemarie weiter nach Marokko zu Claude Clarac, der sie am 1. Juni auf dem Flughafen von Rabat abholte und mit dem Auto nach Tetouan fuhr, in dessen spanischem Viertel er eine schöne, wenn auch etwas heruntergekommene Residenz bewohnte. Annemarie fand Claude in positivem Sinn verändert, reifer und umgänglicher als damals in Teheran, und sie schätzte nach den schwierigen, einsamen Monaten im Dschungel seine diskrete Fürsorglichkeit. Zusammen verbrachten sie auf Touren durch die umliegenden, historisch interessanten Städte Marokkos ein paar harmonische Tage, die Annemarie bezüglich ihrer Trennungsabsichten verunsicherten, bis sie die Frage der Scheidung gar fallen ließ. Nach fast fünfjähriger Trennung schlug Claude Clarac stattdessen eine lose Form der Ehe vor, in der Annemarie alle Freiheiten der Welt genießen dürfe und sich Zeiten der Trennung mit solchen kameradschaftlichen Zusammenseins abwechseln würden. Dreißig Jahre später wusste Annemaries Schwester zu berichten, dass Annemarie nach Marokko gereist sei;

> »um mit ihm [Claude Clarac] die Scheidung zu besprechen; sie hatte als Französin Schwierigkeiten, in der Schweiz die Aufenthaltsbewilligung zu bekommen, aber sie kamen zu dem Schluss, dass sie sich so gut verstünden, dass sie verheiratet bleiben wollten.«[95]

Der bevorstehende Hauskauf von Sils schürte jedoch Annemaries Ungeduld, lange hielt es sie nicht in Nordafrika, sie wollte endlich, nach Jahren des ziellosen Herumirrens, im Engadin ein permanentes Refugium einrichten, wo sie sich in Ruhe ihrem Schreiben widmen konnte. Das Engadin empfand sie als ihren »ureigensten Boden, wo ich mich sicher bewege und leichter fühle als anderswo«,[96] wie sie Erika zehn Jahre zuvor geschrieben hatte. Diese Sicherheit und Leichtigkeit galt es jetzt endlich zurückzuerlangen. Auch dies gehörte zu den Freiheiten, von denen Claude gesprochen hatte, und so begleitete er sie Anfang Juli, wenn auch etwas wehmütig, zum Hafen von Ceuta; wohl oder übel musste er sich mit Annemaries Versprechen begnügen, dass sie im Herbst nach Marokko zu ihm zurückkehren würde.

Seit ihrem letzten Besuch in der Schweiz war Annemarie um ein paar Illusionen ärmer geworden, vor allem was

Annemarie Schwarzenbach

ihre Freundschaft mit den Geschwistern Mann betraf. In Marokko hatte sie nach monatelangem Schweigen aus Kalifornien wieder einmal ein Schreiben von Erika erhalten, dessen kühle Unverbindlichkeit ihr klarer denn je in die Augen stach. Nicht nur wusste sie seit dem Erlebnis in Bellevue, dass nicht mehr auf Klaus und Erika zu zählen war, sondern sie erkannte endlich auch, dass die Intensität ihrer Gefühle für beide schon seit Jahren nur mit verletzender Herablassung entgegnet worden waren. Die Zeit war reif, sich von diesen demütigenden Bindungen zu lösen und endlich auf eigenen Füßen zu stehen, und es drängte sie nun, nach einem kurzen und unerfreulichen Abstecher in Bocken, die Einsichten, die sie in Afrika bei der Niederschrift von *Das Wunder des Baumes* gewonnen hatte, in die Tat umzusetzen und wie die Hauptfigur Marc zu leben.

Zu gleicher Zeit, als Annemarie in der Schweiz eintraf und Vorkehrungen für einen langen Schreibaufenthalt in den geliebten Bergen traf, reiste Carson wie ein Jahr zuvor auf Einladung der Direktorin Elizabeth Ames nach Saratoga Springs in die *Yaddo Artist's Colony* mit der Absicht, diesmal bis zur Fertigstellung ihres Romans *Die Braut* auszuharren, auch wenn dies bedeuten sollte, dass sie dort allein überwintern musste. Im März war ihr von der Guggenheim Stiftung ein Literaturstipendium zugesprochen worden, das ihr nicht nur erlaubte, die Geschichte von Reeves' Scheckfälschungen zu vergessen, sondern auch einer ausgedehnten, von materiellen Sorgen freien Schreibzeit entgegenzusehen. Reeves, von dem sie inzwischen geschieden war, trat diesen Frühling in die amerikanische Armee ein und Carson hörte von Freunden nicht ohne Stolz, dass er sich freiwillig bei den *Rangers* gemeldet habe, den bekanntlich robustesten und furchtlosesten Soldaten der Armee. Sporadisch manifestierte sich auch bei Carson der Wille, sich im Krieg nützlich zu machen, von dem aus Europa schreckliche Nachrichten herüberkamen; in jenem Sommer 1942 zog sie gar in Betracht, sich als Kriegskorrespondentin zu betätigen, doch beschränkte sich ihr Engagement am Ende auf ein paar Artikel pazifistischen Inhalts, die in verschiedenen amerikanischen Zeitschriften – zum Beispiel *Vogue* und *Mademoiselle* – abgedruckt wurden.

Carson arbeitete diesen zweiten Sommer in *Yaddo* konzentriert an ihrem Romanmanuskript und fiel unter den Mitbewohnern der Kolonie weniger auf als früher. Zwar brauchte sie noch immer ihren Whisky und den mit Sherry angereicherten Tee, um zu arbeiten, aber ihre Streifzüge durch das Rotlichtviertel des Städtchens waren seltener und ihr Bedürfnis, andere in komplexe emotionale Bindungen zu verstricken, hielt sich in Grenzen. Das Guggenheim-Stipendium verpflichtete zu seriöser Arbeit und Carson war fest entschlossen, der Auszeichnung gerecht zu werden. Die Arbeit am Manuskript *Die Braut*, das sie schon vor *Yaddo* in einer einigermaßen befriedigenden Rohfassung fertig gestellt hatte, ging zügig voran, doch drohte ihr Interesse an diesem Text zu erlahmen; schon so viele Kräfte hatte er sie gekostet und über so lange Zeit in Atem gehalten.

Zwei Wochen vor ihrer Reise nach Saratoga Springs hatte sie Annemarie über ihre schwierige Annäherung an die wahre Literatur in einem Brief von ihren Problemen mit diesem Text erzählt:

»Oft denke ich daran, dass Du Dein Buch [*Das Wunder des Baums*] tatsächlich vollendet hast. Ich freue mich mit Dir, und gleichzeitig wende ich mich mit einer Art von Wut gegen mich selbst (…) Etwa ein Drittel von ›The Member of the Wedding‹ [*Die Braut*] ist geschrieben. Und nun komme ich nicht mehr weiter. In diesen letzten Jahren habe ich zu viel erlitten und erfahren. ›The Member of the Wedding‹ ist zu eng. In sich selbst ist es

schön, aber für mich ist es im Moment zu eng geworden. Daran zu schreiben ist wie die Arbeit an einer sehr komplexen, bezaubernden kleinen Gemme. Und was ich eigentlich tun möchte, ist losschlagen, mit all meiner Wut. Aus der Tiefe meiner Nacht möchte ich zum Allmächtigen emporheulen (...)
Es ist wahr, dass ich einst mehr von Dir verlangt habe, als Du geben konntest. Aber all das ist vorüber, Gott sei Dank. Behalte nur in Erinnerung, dass ich Dich liebe«.[97]

Die letzten Tage

Die Umstände von Annemarie Schwarzenbachs frühem Tod sind längst zur Legende geworden; er scheint passend für diese Frau, gewissermaßen der einzige logische Ausgang einer Biografie eines weiblichen *poète maudit,* dem der Prozess des Alterns erspart bleibt, damit der Nachwelt das Bild einer ewigen Jugend intakt erhalten bleibe. Im Falle von Annemarie Schwarzenbach ist diese verklärend romantische Ansicht über ihren Tod trotz der Absurdität solchen Spekulierens fast schon verständlich; nicht nur, weil in Annemaries letzten Texten unmissverständliche Zeichen der Ermüdung erscheinen und sie selbst sich körperlich und gefühlsmäßig sichtlich aufgebraucht hat, sondern vor allem, weil dieser Tod mit einer tragischen Banalität daherkommt, die geradezu nach einer Auslegung verlangt. Sogar die Freundin Ella Maillart meinte rückwirkend zu erkennen: »Nach ihrem letzten Aufenthalt in New York sah ich, dass nur noch der Tod ihr helfen konnte.«[98]

An den Tod dachte Annemarie in ihrem letzten Sommer allerdings weniger als sonst. Sie verlebte ihn wie geplant in Sils. Ihrem letzten Brief an Klaus Mann nach zu urteilen, war sie selten ruhig und im Einklang mit sich selbst:

> »Klaus, Du lieber, alter, unveränderter, ja, es ist merkwürdig und äußerst erfreulich, wieder in Sils zu sein, an demselben Tisch, in derselben guten Stube, umgeben von den noch immer wunderbaren Bergen, der herr-

lichen Sommerlandschaft und der freundlichen Atmosphäre des Dorfes.«[99]

Die Schauspielerin Therese Giehse war fünf Wochen lang bei ihr zu Gast, was Annemarie jedoch nicht davon abhielt, weiter an ihrem Roman *Das Wunder des Baumes* zu arbeiten. Entgegen Carsons Glaube war das Buch nicht beendet. Annemarie plante, den Roman in ein langes Prosagedicht umzuwandeln, und das vorläufige Ergebnis schien sie zu befriedigen, er war, wie sie Klaus verriet, »sehr überraschend und weit jenseits meines eigenen Wissens oder Denkens«.[100] Ihm opferte sie in gleichsam meditativer Konzentration den ganzen Juli und August, scheute keine Mühe, um zu feilen, bis »jedes Wort und jede Zeile wahr« sei und »direkt aus der gemeinsamen Quelle von Erfahrung und Unschuld« komme.[101]

Fünf Tage nach diesem Brief, am 7. September 1942, sollte sich Annemarie nach Silvaplana begeben, um den Kauf ihres Hauses mit einer Unterschrift notariell zu besiegeln. Da ihr Ford gerade ohne Benzin in der Garage stand, unternahm sie die schöne Fahrt entlang dem Silvaplanersee mit der Kutsche, obwohl sie inzwischen benachrichtigt worden war, dass der Termin mit dem Notar verschoben worden war. Sie fuhr nicht allein, die Fliegerin Isabelle Trümpy begleitete sie, und unterwegs trafen sie eine Freundin auf dem Fahrrad, mit der Annemarie nach einem kurzen Wortwechsel den Platz tauschte. Vielleicht wollte Annemarie in einem Anfall sportlicher Bravour ihre Fahrkünste zur Schau stellen, oder vielleicht fühlte sie sich an diesem Tag besonders leichtsinnig aufgelegt, jedenfalls löste sie, kaum hatte sie das Fahrrad bestiegen, die Hände von der Lenkstange und fuhr der Kutsche freihändig voraus. Die Straße war uneben und steinig und Annemarie wohl keine sehr erfahrene Radlerin; wegen eines Steins, den sie übersah, verlor sie das Gleichgewicht und fiel vor den Augen der Freundinnen vom Rad. Dabei schlug sie mit der Schläfe so heftig auf, dass sie ohnmächtig auf der Straße liegen blieb.

Mit der Kutsche in ihr Silser Haus zurückgebracht, wurde Annemarie sogleich ins Bett gelegt und vom Arzt nach bestem Vermögen verbunden. Sie hatte viel Blut verloren und die erhofften Anzeichen, dass sie bald wieder zu Bewusstsein kommen würde, blieben aus. Die Mutter in Bocken wurde benachrichtigt, auch Claude Clarac erhielt per Telegramm in kürzester Zeit Kunde vom Unglück.

Annemarie lag drei Tage lang im Koma und als sie endlich aufwachte, erkannte sie niemanden mehr. Die Mutter, Landärzten eher misstrauisch gesinnt, ließ ihre Tochter darauf unverzüglich nach Prangins in Dr. Forels Klinik verlegen, in der sie sich sieben Jahre zuvor bereits einer erfolgreichen Entziehungskur unterzogen hatte. Dort traf auch Claude Clarac ein, doch wurde er zu seiner eigenen Schonung nicht in Annemaries Zimmer gelassen. Annemarie »kroch auf dem Boden herum und reagierte in keiner Weise mehr wie ein menschliches Wesen«, erinnerte sich die Freundin Anita Forrer in einem Brief an Ella Maillart.[102] Da konnte selbst Dr. Forel nichts mehr ausrichten, weshalb die Mutter Annemarie wieder nach Sils zurückbringen ließ. Sie stellte zwei private Pflegerinnen an, die Annemarie Tag und Nacht zu betreuen und darauf zu achten hatten, dass niemand sie besuche. Dieser letzten Lieblosigkeit der Mutter ist es zu verdanken, dass Annemarie am 15. November 1942, fünf Wochen nach ihrem

Unfall starb – »ganz alleine, ohne eine einzige ihrer treuen Freundinnen bei sich zu haben«.[103]

Während Annemaries letzten Lebenstagen erschien in New York Carsons Kurzgeschichte *Ein Baum. Ein Felsen. Eine Wolke* in *Harper's Bazaar*, jene Geschichte, in welcher die beiden Schriftstellerinnen sich ihrer geistig-künstlerischen Verbundenheit auf besonders eindrückliche Weise bewusst geworden waren.

Carson erfuhr von Annemaries Tod am 1. Dezember in *Yaddo* durch ein Telegramm von Klaus Mann; außer der baren Tatsache konnte er keine Einzelheiten liefern, hatte er selbst doch nur ein kurzes Schreiben aus der Schweiz erhalten, das ihn wegen der Kriegssituation in Europa verspätet erreichte. Der Schock, den die Nachricht in Carson auslöste, war so überwältigend, dass ihre Kollegen in *Yaddo* in der ersten Dezemberwoche um ihre geistige Gesundheit bangten. Erst im Januar, nach Wochen lähmender Trauer und Orientierungslosigkeit, in dem auch der Zweifel an ihr nagte, ob Annemarie gar den Freitod gewählt haben mochte, wurde Carson von verschiedenen Seiten brieflich mit den wahren Umständen von Annemaries Tod vertraut gemacht. Diese boten indessen wenig Trost; wer weiß, wie Annemarie den Tod erlebt hatte, zermarterte sich Carson den Kopf, wer weiß, ob sie fähig gewesen war, ihn gelassen hinzunehmen oder im Gegenteil sich verzweifelt gegen ihn aufgelehnt hatte? Vor allem aber quälte sie im Nachhinein der Gedanke, dass sie selbst so ahnungslos und glücklich in *Yaddo* an ihrem Roman geschrieben hatte, während die geliebte Freundin bewusstlos lag. Warum hatte sie nichts von Annemaries Unglück gefühlt, warum hatte ausgerechnet in diesem Augenblick ihre wunderbare Seelenverwandtschaft versagt?

Der Verkauf von *Die Ballade vom traurigen Café* an *Harper's Bazaar* sowie die Auszeichnung im April 1943 durch die *American Academy of Arts and Letters* und das *National Institute of Arts and Letters* für ihr bisheriges literarisches Schaffen halfen Carson im neuen Jahr, Annemaries Tod zu überwinden. War nicht gerade das Schreiben in Annemaries Sinn der einzige, wahre Lebensinhalt, für den es sich lohnte, allen Widrigkeiten zum Trotz weiter zu machen?

Carson machte weiter, die Freundin bis zu ihrem Lebensende fünfzehn Jahre später in wärmstem Andenken behaltend. »Ich weiß von keiner Freundin, die ich mehr geliebt habe und deren plötzlicher Tod mich mehr erschüttert hat«, schrieb sie in ihren Memoiren gegen Ende ihres Lebens.[104]

Anmerkungen

1 Dews, Carlos L. (Hrsg.), *Illumination & Nightglare. The Unfinished Autobiography of Carson McCullers.* The University of Wisconsin Press, Madison, Wisconsin 1999, S. 36.

2 Brief Annemarie Schwarzenbachs an Carson McCullers vom 10. April 1942. Aus dem Nachlass von Carson McCullers, Harry Ransom Humanities Research Center, The University of Austin, Texas.

3 Ebd.

4 Brief Annemarie Schwarzenbachs an Carson McCullers vom 29. Dezember 1941. Im Nachlass von Carson McCullers, a. a. O.

5 Die Autorin war in Wirklichkeit bei Erscheinen des Romans dreiundzwanzig Jahre alt; die Angabe des Klappentextes bezieht sich auf das vorige Jahr, als Carson den Roman abschloss.

6 Dews, Carlos L. (Hrsg.), *Illumination & Night Glare,* a. a. O., S. 20f.

7 Mann, Erika und Klaus, *Escape to Life. Deutsche Kultur im Exil.* Edition Spangenberg, München 1991.

8 Heimannsberg, Joachim, Peter Laemm und Winfried E. Schoeller (Hrsg.), *Klaus Mann. Tagebücher 1940 – 1943.* Edition Spangenberg, München 1991. Einträge vom 12. Juni 1940, S. 42, 13. November 1940, S. 75, und 17. November 1940, S. 77.

9 Nach einem Verwandtenbesuch in Cincinnati hatte das Mädchen 1930 ihren ersten, im Empfinden der weltmännischeren Vettern allzu kindlichen Namen aufgegeben.

10 McCullers, Carson, *Das Herz ist ein einsamer Jäger.* Diogenes Verlag, Zürich 2004, S. 36f.

11 Ebd., S. 96.

12 Obwohl Carson McCullers später einen großen Teil ihrer frühen Texte vernichtete, sind im Nachlass ihrer Tutorin Sylvia Chatfield Bates Geschichten aus jener Zeit mit deren kritischen Kommentaren verwahrt. Sie sind zum Teil abgedruckt

in: Carson McCullers, *The Mortgaged Heart*, Harmondsworth, 1975.

13 Ursprünglich hatte Carson ihrem Erstling den Titel *The Mute (Der Taube)* gegeben.

14 Auch dieser Roman wurde vom Verlag umbenannt und ging als *Reflections in a Golden Eye (Spiegelbilder im goldenen Auge)* in die Literaturgeschichte ein.

15 Dews, Carlos L., *Illumination & Night Glare*, a. a. O., S. 21.

16 »Lunch mit Annemarie Schwarzenbach, Klaus und Erika, die später zusammen nach N. Y. abreisten.« In: Peter de Mendelsohn (Hrsg.), *Thomas Mann. Tagebücher 1940 – 1943*. S. Fischer Verlag, Frankfurt a. M. 1982, S. 80.

17 Heimannsberg, Joachim, Peter Laemm und Winfried E. Schoeller (Hrsg.), *Klaus Mann. Tagebücher 1940 – 1943*, a. a. O., S. 23.

18 Diesen Vorwurf scheint sich auch Ruth Landshoff-Yorck gemacht zu haben, die sich erinnerte: »Völlig erschöpft kamen wir durch die Kantstraße, wo Mopsa (Sternheim) damals lebte, und ich schlug vor, heraufzugehen, um etwas auszuruhen und Tee zu trinken. Auf diese Weise traf Annemarie mit Mopsa zusammen, und ich wünschte jetzt, es wäre nie geschehen. Ohne Mopsa hätte sie vielleicht nie Rauschgift und Benzedrine kennengelernt.« Zit. in: Schesswendter, Sibylle: Annemarie Schwarzenbach und die Berliner Boheme. Lyrische Novelle, Heimliches Berlin und Treffpunkt im Unendlichen. In: Willems, Elvira (Hrsg.), *Annemarie Schwarzenbach, Autorin – Reisende – Fotografin*, Centaurus Verlag, Herbholzheim 2001, S. 73f.

19 Brief vom August 1931 an Erika Mann. In: Fleischmann, Uta, *»Wir werden es schon zuwege bringen, das Leben«. Annemarie Schwarzenbach an Erika und Klaus Mann. Briefe 1930 – 1942*, Centaurus Verlag, Herbholzheim 2001, S. 56.

20 Brief vom 19. August 1931 an Erika Mann. In: Ebd., S. 57.

21 Maillart, Ella, *Der bittere Weg. Mit Annemarie Schwarzenbach unterwegs nach Afghanistan*, Lenos Verlag, Zürich 2003, S. 10.

22 Zanco, Prestel, Anna (Hrsg.), *Mann, Erika, Briefe und Antwor-*

ten 1922–1969, Bd. I. Rowohlt Verlag, Reinbek 1998, S. 100 und S. 104.

23 Schwarzenbach, Annemarie, *Tod in Persien.* Zit. in: Annemarie Schwarzenbach, *Das glückliche Tal.* Mit einem biographischen Nachwort und herausgegeben von Charles Linsmayer, Huber Verlag, Frauenfeld 2001, S. 160.

24 Ebd., S. 170.

25 Mann, Klaus, *Flucht in den Norden,* herausgegeben und mit einem Vorwort von Martin Gregor-Dellin, Verlag Heinrich Ellermann, München 1977, S. 8.

26 Maillart, Ella, *Der bittere Weg,* a. a. O., S. 10.

27 Mann, Klaus, *Der Wendepunkt. Ein Lebensbericht,* Nymphenburger Verlag, München 1969, S. 237.

28 Brief Renée Schwarzenbachs an die Tochter, ohne Datum zit. in: Heintz-Gresser, Anne-Marie, *Annemarie Schwarzenbach als Thomas-Mann-Gestalt: Analyse des Romans »Freunde um Bernhard«.* In: Willems, Elvira (Hrsg.), *Annemarie Schwarzenbach. Autorin – Reisende – Fotografin,* a. a. O., S. 80.

29 Schwarzenbach, Alexis, *Privates und Politisches bei Erika Mann. Hintergründe zum »Pfeffermühle-Skandal«.* In: *Neue Zürcher Zeitung,* 5. November 2005.

30 Ebd.

31 Mann, Klaus, *Kind dieser Zeit.* Zit. in: Fleischmann, Uta (Hrsg.), *»Wir werden es schon zuwege bringen, das Leben«,* a. a. O., S. 201.

32 Mann, Erika, *Frau und Buch.* In: *Tempo* vom 21.3. 1931, zit. in: Fleischmann, Uta (Hrsg.), *»Wir werden es schon zuwege bringen, das Leben«,* a. a. O., S. 202.

33 Etwa für die Zeitschrift *Die Sammlung,* die Klaus Mann 1933 bei *Querido* in Amsterdam herausgab, und für *Decision,* eine englischsprachige Zeitschrift, die er 1940 während seines New Yorker Exils mit minderem Erfolg lancierte.

34 Brief Annemarie Schwarzenbachs vom Dezember 1931 an Erika Mann. In: Fleischmann, Uta (Hrsg.), *»Wir werden es schon zuwege bringen, das Leben«,* a. a. O., S. 70.

35 Brief Annemarie Schwarzenbachs vom 19. Mai 1935 an Klaus Mann. In: Ebd., S. 130.

36 Ebd., S. 130.

37 Maillart, Ella, *Der bittere Weg,* a. a. O., S. 173.

38 Der Brief ist nicht überliefert.

39 Der Artikel erschien am 6./7. Juli 1940. Eine leicht veränderte Version davon ist unter dem Titel *Carson McCullers* nachzulesen in: Schwarzenbach, Annemarie, *Auf der Schattenseite. Ausgewählte Reportagen, Feuilletons und Fotografien 1933–1942.* Herausgegeben von Regina Dieterle und Roger Perret. Mit einem Nachwort von Regina Dieterle, Lenos Verlag, Basel, 1990, S.262–267.

40 Brief Annemarie Schwarzenbachs an Klaus Mann vom 21. Juni 1940, in: Fleischmann, Uta (Hrsg.), *»Wir werden es schon zuwege bringen, das Leben«,* a. a. O., S. 177.

41 Schwarzenbach, Annemarie, *Carson McCullers.* In: *Auf der Schattenseite,* a. a. O., S. 263.

42 Ebd., S. 264f.

43 Dews, Carlos L. (Hrsg.), *Illumination & Night Glare,* a. a. O., S. 21.

44 Ebd., S. 22.

45 Schwarzenbach, Annemarie, *Carson McCullers.* In: *Auf der Schattenseite,* a. a. O., S. 265.

46 Dr. Suzanne Öhman in einem Gespräch mit Aimée Alexander in Meilen am 24. Februar 1971, zit. in: Carr, Virginia Spencer, *The Lonely Hunter. A Biography of Carson McCullers.* The University of Georgia Press, Athens und London 2003, S. 103.

47 Brief Annemarie Schwarzenbachs an Klaus Mann vom 23. Juli 1940 aus Nantucket Island, in: Fleischmann, Uta (Hrsg.), *»Wir werden es schon zuwege bringen, das Leben«,* a. a. O., S. 178.

48 Ebd., S. 179.

49 Mann, Erika und Klaus, *Escape to Life,* a. a. O., S. 305.

50 Ebd., S. 179.

51 Arzt und Schriftsteller, enger Freund von Erika Mann.

52 Fleischmann, Uta (Hrsg.), *»Wir werden es schon zuwege bringen, das Leben«,* a. a. O., S. 184.

53 Ebd., S. 182.

54 Brief Annemarie Schwarzenbachs an Robert Linscott vom 23. August 1940, in: Ebd., S. 107.

55 Carr, Virginia Spencer, *The Lonely Hunter*, a.a.O., S. 110.

56 Dews, Carlos L., *Illumination & Night Glare*, a.a.O., S. 23.

57 Erika Mann hatte 1935, vom englischen Schriftstellerfreund Christopher Isherwood vermittelt, Wystan Audens Zustimmung zur Heirat erhalten, damit sie, eben von Gustav Gründgens geschieden, mit einem englischen Reisepass aus Deutschland ausreisen konnte. Beide lernten einander am Tag ihrer Heirat kennen und blieben zeitlebens gute Freunde. Ihre Ehe wurde nie aufgelöst.

58 Ebd., S. 23.

59 Carr, Virginia Spencer, *The Lonely Hunter*, a.a.O., S. 124 – 125.

60 Heimannsberg, Joachim, Peter Laemm und Wilfried F. Schoeller (Hrsg.), *Klaus Mann, Tagebücher 1940 – 1943*, a.a.O., S. 67.

61 Ebd., S. 77.

62 Ebd., S. 75 – 76.

63 Ebd., S. 77.

64 Carr, Virginia Spencer, *The Lonely Hunter*, a.a.O., S. 119.

65 Heimannsberg, Joachim, Peter Laemm und Wilfried F. Schoeller (Hrsg.), *Klaus Mann, Tagebücher 1940 – 1943*, a.a.O., S. 71.

66 In ihrem Brief vom 28. Januar 1941 an Klaus spricht Annemarie davon, dass Erika ihr im August einmal immerhin vorgeschlagen habe, sie im Herbst nach Kalifornien zu begleiten. In: Fleischmann, Uta (Hrsg.), *»Wir werden es schon zuwege bringen, das Leben«*, a.a.O., S. 187.

67 Georgiadou, Areti, *»Das Leben zerfetzt sich mir in tausend Stücken« – Annemarie Schwarzenbach. Rekonstruktion einer Lebensgeschichte*. In: Willems, Elvira (Hrsg.), *Annemarie Schwarzenbach. Autorin – Reisende – Fotografin*, a.a.O., S. 42.

68 Linsmayer, Charles, *Leben und Werk Annemarie Schwarzenbachs. Ein tragisches Kapitel Schweizer Literaturgeschichte*. Nachwort zu: Schwarzenbach, Annemarie, *Das glückliche Tal*, a.a.O., S. 210.

69 Mazzucco, Melania G., *Lei così amata*. RCS Libri S.p.A., Mailand 2000, S. 220f.

70 Aus Carson McCullers' Memoiren geht hervor, dass Erika Annemarie nach ihrer Flucht aus dem Greenwich Hospital besucht und zu einer nochmaligen Entziehungskur geraten

haben muss. Siehe: Dews, Carlos L. (Hrsg.), *Illumination & Night Glare*, a.a.O., S. 34.

71 Ebd.

72 Ebd.

73 Ebd., S. 35.

74 Fleischmann, Uta (Hrsg.), *»Wir werden es schon zuwege bringen, das Leben«*, a.a.O., S. 185.

75 Heimannsberg, Joachim, Peter Laemm und Wilfried F. Schoeller (Hrsg.), *Klaus Mann, Tagebücher 1940–1943*, a.a.O., S. 88.

76 Villas-Boas, Gonçalo, *Offener Himmel über Lissabon – Annemarie Schwarzenbach in Lissabon (1941, 1942)*. In: Willems, Elvira (Hrsg.), *Annemarie Schwarzenbach. Autorin – Reisende – Fotografin*, a.a.O., S. 174.

77 Schwarzenbach, Annemarie, *Offener Himmel über Lissabon*. Artikel erschienen am 10. 4. 1941 in der *Thurgauer Zeitung*. Zit. in: Ebd., S. 173.

78 Schwarzenbach, Annemarie, *Das glückliche Tal*, a.a.O., S. 213.

79 Ebd., S. 214.

80 Brief Annemarie Schwarzenbachs an Carson McCullers vom 10. April 1941. Aus dem Nachlass von Carson McCullers, a.a.O. Die Übersetzung stammt von Bettina Augustin, nachzulesen im Artikel der Autorin *Spiegelbild im Auge der Anderen. Annemarie Schwarzenbach und Carson McCullers* in der *Neuen Zürcher Zeitung* vom 2. Juli 2005, S. 45.

81 Carr, Virginia Spencer, *The Lonely Hunter*, a.a.O., S. 147f.

82 Dews, Carlos. L (Hrsg.), *Illumination & Night Glare*, a.a.O., S. 35. Klaus' Eindruck ist hingegen ein ganz anderer. Am 26. August 1941 schreibt er seiner Mutter: »Recht pedantische und verhexte Berichte kommen auch von armer Prinzess Miro aus der Verbannung – in Leopoldsville, Belgian-Kongo.« In: Gregor-Dellin, Martin (Hrsg.), *Klaus Mann: Briefe und Antworten, Band II, 1939–49*, a.a.O., S. 159.

83 Carr, Virginia Spencer, *The Lonely Hunter*, a.a.O., S. 261f.

84 Brief Annemarie Schwarzenbachs an Carson McCullers vom 29. Juli 1941. Aus dem Nachlass von Carson McCullers, a.a.O.

85 Brief Annemarie Schwarzenbachs an Erika Mann vom Juni 1941, in: Fleischmann, Uta (Hrsg.) *»Wir werden es schon zuwege bringen, das Leben«*, a.a.O., S.91.

86 Schwarzenbach, Annemarie, *Beim Verlassen Afrikas*. Typoskript, S.29. Aufbewahrt im Schweizer Literaturarchiv, Bern.

87 Brief Annemarie Schwarzenbachs an Carson McCullers vom 3. Oktober 1941. Aus dem Nachlass von C. McCullers, a.a.O.

88 Brief Annemarie Schwarzenbachs an Carson McCullers vom 29. Dezember 1941. Aus dem Nachlass von Carson McCullers, a.a.O.

89 Übersetzung von Iain Galbraith. Nachzulesen in: Augustin, Bettina, *Spiegelbild im Auge der Anderen*, a.a.O., S.45.

90 Ebd.

91 McCullers, Carson, *Gesammelte Erzählungen*. Aus dem Amerikanischen von Elisabeth Schnack, Diogenes, Zürich 2004, S.78.

92 Schwarzenbach, Annemarie, *Das Wunder des Baumes*, unveröffentlichtes Typoskript, aufbewahrt im Schweizerischen Literaturarchiv von Bern, zit. in: Augustin, Bettina, *Spiegelbild im Auge der Anderen*, a.a.O., S.45f.

93 Brief Annemarie Schwarzenbachs an Carson McCullers vom 20. März 1942. Aus dem Nachlass von C. McCullers, a.a.O.

94 Schwarzenbach, Annemarie, *Beim Verlassen Afrikas*, a.a.O., S.72. Siehe auch: Schwarzenbach, Annemarie, *Das glückliche Tal*, S.218.

95 Suzanne Öhman im Gespräch mit Aimée Alexandre, a.a.O.

96 Brief Annemarie Schwarzenbachs an Erika Mann vom 24. Dezember 1932. In: Fleischmann, Uta (Hrsg.), *»Wir werden es schon zuwege bringen, das Leben«*, a.a.O., S.82.

97 Brief Carson McCullers' an Annemarie Schwarzenbach, im Schweizer Literaturarchiv von Bern aufbewahrt, zit. in: Augustin, Bettina, *Spiegelbild im Auge der Anderen*, a.a.O., S.46.

98 Brief Ella Maillarts an Anita Forrer vom 14. Februar 1944, zit. in: Schwarzenbach, Annemarie, *Das glückliche Tal*, a.a.O., S.218.

99 Brief Annemarie Schwarzenbachs an Klaus Mann vom 2. September 1942, in: Fleischmann, Uta (Hrsg.), *»Wir werden es schon zuwege bringen, das Leben«*, a. a. O., S. 188.

100 Ebd., S. 188.

101 Ebd., S. 188.

102 Brief Anita Forrers an Ella Maillart vom 7./8. August 1944, aufbewahrt im Schweizerischen Literaturarchiv von Bern, zit. in: Schwarzenbach, Annemarie, *Das glückliche Tal*, a. a. O., S. 222.

103 So schilderte Ella Maillart der Mutter Annemaries Tod in ihrem Brief vom 1. März 1944, zit. in: Ebd., S. 222.

104 Dews, L. Carlos (Hrsg.), *Illumination & Nightglare*, a. a. O., S. 36.

Literaturnachweis

Augustin, Bettina, *Spiegelbild im Auge der Anderen. Annemarie Schwarzenbach und Carson McCullers.* In: *Neue Zürcher Zeitung,* 2. Juli 2005.

Carr, Virginia Spencer, *The Lonely Hunter. A Biography of Carson McCullers.* The University of Georgia Press, Athens and London 1975.

Dews, Carlos L. (Hrsg.), *Illumination & Nightglare. The Unfinished Autobiography of Carson McCullers.* The University of Wisconsin Press, Madison, Wisconsin 1999.

Fleischmann, Uta, *»Wir werden es schon zuwege bringen, das Leben«. Annemarie Schwarzenbach an Erika und Klaus Mann. Briefe 1930 – 1942.* Centaurus Verlag, Herbholzheim 2001.

Dieterle, Regina und Roger Perret (Hrsg.), *Annemarie Schwarzenbach. Auf der Schattenseite. Ausgewählte Reportagen, Feuilletons und Fotographien 1933 – 1942.* Lenos Verlag, Basel 1995.

Gregor-Dellin, Martin (Hrsg.), *Klaus Mann, Briefe und Antworten 1922 – 1949.* Rowohlt Verlag, Reinbek 1991.

Heimannsberg, Joachim, Peter Laemm und Winfried E. Schoeller (Hrsg.), *Klaus Mann. Tagebücher 1940 – 1943.* Edition Spangenberg, München 1991.

Maillart, Ella, *Der bittere Weg. Mit Annemarie Schwarzenbach unterwegs nach Afghanistan.* Lenos Verlag, Basel 2003.

Mann, Erika und Klaus, *Escape to Life. Deutsche Kultur im Exil.* Edition Spangenberg, München 1991.

Mann, Klaus, *Flucht in den Norden.* Rowohlt Verlag, Reinbek 2003.

ders., *Treffpunkt im Unendlichen.* Rowohlt Verlag, Reinbek 1998.

ders., *Der Wendepunkt. Ein Lebensbericht.* Nymphenburger Verlag, München 1969.

Mazzucco, Melania G., *Lei così amata.* Edizione BUR La Scala, Milano 2000.

McCullers, Carson, *Das Herz ist ein einsamer Jäger.* Diogenes Verlag, Zürich 2004.

dies., *Die Ballade vom traurigen Café.* Diogenes Verlag, Zürich 1971.

dies., *Frankie.* Diogenes Verlag, Zürich 2002.
dies., *Gesammelte Erzählungen.* Diogenes Verlag, Zürich 2004.
dies., *Spiegelbild im goldnen Auge.* Diogenes Verlag, Zürich 2002.
dies., *Uhr ohne Zeiger.* Diogenes Verlag, Zürich 2007.
Mendelsohn, Peter de (Hrsg.), *Thomas Mann, Tagebücher 1940–1943.* S. Fischer Verlag, Frankfurt a. M. 1982.
Schwarzenbach, Alexis, *Privates und Politisches bei Erika Mann. Hintergründe zum »Pfeffermühle-Skandal«.* In: *Neue Zürcher Zeitung,* 5. November 2005.
Schwarzenbach, Annemarie, *Alle Wege sind offen. Die Reise nach Afghanistan 1939/1940.* Lenos Verlag, Basel 2002.
dies., *Beim Verlassen Afrikas.* Typoskript. Aufbewahrt im Schweizer Literaturarchiv, Bern.
dies., *Briefe an Carson McCullers.* Aufbewahrt im Nachlass von C. McCullers, Harry Ransom Humanities Research Center, The University of Austin, Texas.
dies., *Das glückliche Tal.* Mit einem biographischen Nachwort neu herausgegeben von Charles Linsmayer. Huber Verlag, Frauenfeld 1987.
dies., *Das Wunder des Baumes.* Typoskript. Aufbewahrt im Schweizer Literaturarchiv, Bern.
dies., *Freunde um Bernhard.* Lenos Verlag, Basel 1993.
dies., *Flucht nach oben.* Lenos Verlag, Basel 2005.
dies., *Lyrische Novelle.* Lenos Verlag, Basel 1988.
dies., *Tod in Persien.* Lenos Verlag, Basel 2002.
Willems, Elvira (Hrsg.), *Annemarie Schwarzenbach. Autorin – Reisende – Fotografin.* Centaurus Verlag, Herbholzheim 2001.
Zanco Prestel, Anna (Hrsg.), *Erika Mann, Briefe und Antworten 1922–1969,* Bd. I. Rowohlt Verlag, Reinbek 1998.

Alexandra Lavizzari, geboren in Basel. Studium der Ethnologie und Islamwissenschaften. Aufenthalte in Nepal, Pakistan und Thailand. Schreibt für *NZZ* und *Bund*, Autorin kunstgeschichtlicher und literaturkritischer Werke. Verheiratet, drei Kinder, lebt in Rom und in der Schweiz.

In der edition ebersbach erschienen 2005 ihre biografischen Essays über das Leben berühmter Kindsmusen *Lulu, Lolita und Alice*.

Weitere Veröffentlichungen: *Ein Sommer,* Novelle (2001), *Gwen John. Rodins kleine Muse,* Romanbiografie (2001), *Wenn ich wüsste wohin,* Roman (2007).